「なかよし?」「あ、うん、仲良しだよ」
「アラムもなかよしー」

(本文より抜粋)

DARIA BUNKO

竜王様と御使い花嫁

若月京子

ILLUSTRATION 明神 翼

ILLUSTRATION
明神 翼

CONTENTS

竜王様と御使い花嫁 9

花嫁の帰還 285

あとがき 304

この作品はフィクションです。
実在の人物・団体・事件などに一切関係ありません。

竜王様と御使い花嫁

★
★
★

天宮竜真《あまみやりょうま》はごく普通の、二十六歳の会社員だ。一人暮らしをしつつ、美マッチョを目指して毎日体作りも仕事もがんばっている。

食事に気をつけ、ジムに通い、ときおり日焼けサロンにも行っている体は、重くならない程度に筋肉がついていて美しい。

風呂に入る準備をし、鏡で全身をチェックしていた竜真は、よしっと満足そうに頷《うなず》いた。

「今日のオレも完璧。今のトレーニングメニュー、体に合ってるみたいだな」

ご機嫌で浴室に入り、髪と体をガシガシ洗って浴槽に浸かる。

「はー……癒《い》やされる……」

鍛えた体と、日焼けサロンで浅黒くした肌の竜真は、濃いめのイケメンとして会社の女性たちに大人気だ。愛想と如才なさにも自信があり、営業としてバリバリ働いている。

一日のほとんどは外回りで疲れるので、ゆっくり風呂に入るのが家に帰ってからの楽しみだった。

「うーん……上腕二頭筋、もう少し絞ったほうがいいかな？」

裸になると、ボディーチェックに余念がない。

竜真が美マッチョを目指すようになったのは、高校に上がるくらいまで体が弱く、可愛らしい顔立ちをしていたせいで男女とからかわれたからだ。

子供のときの竜真は白い肌と細い体、大きな目のか弱い美少女にしか見えなかった。

それが嫌で、がんばって丈夫になり、体を鍛えて筋肉をつけるとともに、一生懸命日焼けしたのだった。

もともと運動神経は悪くないし、成績もいい。男らしく変身した竜真は、それ以降モテモテの人生を歩んできた。

だがあいにくと、マッチョが一番好きなのは自分だ。女の子と付き合ってもジム通いや筋肉にいい食生活は変えられず、愛想を尽かされることが多かった。

「オレの浅黒い肌と鍛えた体が好きだって言うくせに、それを維持するためのジム通いと、プロテインとササミを否定するなんて、おかしいよなぁ」

女の子は、あれをして、これをして、それは嫌……と、要求が多い。面倒くさいの一言なので、一人でいるほうがずっと気楽というものだった。

「……明日は直帰できるから、そのままジムに行くか。少し早めに切り上げて、蒸しドリをストックしないとな……」

翌日の段取りを考えていた竜真だが、いきなり浸かっている湯が渦《うず》を巻き始める。

「おっ!?　な、なんだ……？」

排水溝の栓《せん》を抜いたときとは明らかに違う、大きな渦である。

突然の異変に竜真は慌《あわ》てて浴槽から出ようとしたが、体が引っ張られるようにして湯に呑《の》み込まれてしまった。

そして、次の瞬間には見たことがない世界に——。

一面、水の世界だ。空も壁も床も、すべてが水に覆われている。

おまけに、目の前には神々しい美女がいた。

見たことがない色の髪は、薄い水色から濃い青、緑がかった青と、なんとも複雑な美しさだ。陽の当たり方や角度で見え方が変わる。

瞳は澄んだ青で、金色の光がチラチラと舞っていた。

「な、何事⁉　オレ、風呂に入ったまま寝ちゃってるのか？」

夢にしてはやけに現実感があるが、夢以外にありえない。

だが美女は、楽しそうに笑って言う。

「いいや、寝てはおらぬよ。ここは、わらわの世界。わらわがそなたを呼び寄せたのだ」

「なんで？　ええっと……どちら様ですか？」

「水の神だ」

「はぁ……そうですか。髪、水色ですもんね」

「そなたは、わらわの使いとなって、他の世界に行くのじゃ」

「は？　意味分からないんですけど」

「竜族の住む世界が、危機に瀕しておる。そなたの母の一族は、かつて代々水龍に繋《つな》がる高《たか》龗《おかみの》神《かみ》を祀《まつ》る宮司であったのを知っておるか？　この世界では、わらわの力を注ぐのにそなたが一番適した器《うつわ》だったのじゃ」

「いやいや、ますます意味が分からない。支離滅裂な夢だなぁ」

「夢ではないぞ。そなたは私の使者となって、竜の世界を救う御使《みつか》いとなる。水不足の土地に雨を降らせ、器を尽きぬ水で満たして回るのだ」

「竜族の住む世界？　水の女神の御使い？　なんだよ、それ。冗談じゃない。オレは、他の世界になんて行きたくないっ」

「そなたに決定権はないのだよ。決めるのはわらわで、わらわはそなたを選んだ。男らしく覚悟を決めい」

「決められるか！」

「あちらに飛ばされれば、嫌でも覚悟を決めるしかなくなるから、別に構わぬ。とりあえず、あちらの言葉と知識を授けよう」

そう言うと女神は竜真の額《ひたい》に手を当て、同時に直接脳内へ大量の知識が流し込まれる。

言語、どんどん加熱していく太陽に、滅びゆく世界と竜族。飢《う》える人間たち。御使いとして使える能力の数々。

それは世界一つ分だけあって膨大で、竜真は目を回しそうだった。

「……うむ。やはりそなたはわらわの器にピッタリじゃ。がんばって世界を救うのだぞ」

その言葉と同時に体が沈み込み、次いで宙へと放り出される。

一瞬の浮遊感のあと、竜真は真っ暗な水の中に落ちた。水面の向こうで白く丸いものがゆらめいて見える。

「うおっ⁉」

驚きのあまり水を飲み、溺《おぼ》れそうになる。パニック状態だった。

(み、水の女神の御使いなのに、溺死《できし》⁉)

そんな間抜けな死因は嫌だと思いながら、必死に手足を動かしていると、楽しげな女神の声が聞こえる。

「そうそう。そなたの姿はわらわの好みではないので、少々変えてやったぞ。わらわの御使いとしてふさわしい美しい姿だから、感謝するように」

なんだそれはと思うものの、今はそれどころではない。

竜真は泳げるのに、水を飲んで苦しいし、パニックになっていると沈まないようにするだけで精一杯だった。

(や……やばい！　マジで死ぬかもっ)

竜真が焦《あせ》っていると、グイッと腕を引っ張られて沈みかけた顔が水面に上がった。

そして腋《わき》の下に手を入れられ、体が移動し始める。

水を飲んでしまった竜真は噎《む》せていたが、助け手は力強く岸まで泳いで、竜真の体を引き上げてくれた。

「げ、げほっ。お…溺れるかと思った……やばっ……」

「お前は何者だ？」

「ん？　あ、助けてくれてありがとうございます。——これ、夢の続き？　そのわりには、本気で苦しかったけど」

礼を言いながら顔を上げて、竜真は目を瞠《みは》った。

水の女神もありえないが、目の前の男の容姿もありえない。

黒い髪に金色の瞳という色彩と、明らかに日本人とは異なる男らしく完璧な美貌《びぼう》。こんなに整った顔を見るのは初めてで、服装も舞台衣装のようだった。

「夢ではない」

「いや、でも、夢じゃないと困るんだけど……。水の女神とかありえないし、他の世界なんてごめんだし……ええっと……この世界に竜っています？」

「いる」

「太陽が暴走し、大気が過熱して日照りが続き、砂漠化したりしてる？」

「そのとおりだ」

水の女神が竜真に伝えた情報どおりだ。

あれは夢ではなかったのか、これはもしや夢の続きなのだろうかと思うが、夢であんなにリアルに溺れると思えないし、噎せたときの苦しさはどう考えても現実だった。

「う、ウソー……マジか？　現実とか、勘弁してほしい」

「とりあえず、上着を……その美しい裸体は目の毒だ」

その言葉とともに、男の上着が肩からかけられる。

「あ……ああ、風呂に入ってたから——って、オレの腕、白っ！　細っ！　なんじゃ、こりゃあ⁉」

視界に入った自分の腕は、見慣れたものではない。

小さく華奢《きゃしゃ》な手と、白くてほっそりとした腕。筋肉のかけらもない、軟弱な腕だった。

「な、何事⁉」

慌てて湖に近寄り、凪《な》いで鏡のようになっている水面を覗《のぞ》き込む。

「ギャーッ‼」

竜真の姿が、ガラリと変えられていた。

月明かりに浮かぶ髪と目は女神そっくりな色彩だし、肌は真珠のように白く、中から輝きを放つように艶《つや》めいている。

もともとの顔の作りは変わっていないのだが、少し目が大きくなり、少し唇《くちびる》がプックリとし、

頬《ほほ》や顎《あご》に丸みを持たせただけで可愛らしい顔になっている。

頭には、瞳と同じ色のサファイアをあしらった金の額飾りが嵌《は》まっていた。華奢で繊細な作りのもので、とても美しく高価そうだ。

竜真にとって何よりもショックだったのは、プロテインとササミで作り上げた筋肉が皆無なことである。

美マッチョで濃いめのイケメンが、華奢な絶世の美少年に変わっていた。

「き…筋肉……オレの筋肉がーっ。これ、まるで中学の頃みたいじゃないかー。オ、オレのトラウマ……」

男女とからかわれた時代を思い出させる容姿は、竜真にとってつらいばかりである。

あうあうと激しく嘆いていると、男が心配そうに声をかけてくる。

先ほどまで不審者を見る目だったのに、竜真の嘆きっぷりに面食らっているらしい。

「大丈夫か？　いったい何があった？　いつも穏やかな湖が渦を巻いたかと思ったら、お前が噴き上げられた」

「水の女神だっていう美人が、オレを御使いにするとか言って、無理やり連れてきたんだ。あのババア……いでででっ」

女神の悪口を言った途端、額飾りに頭を締めつけられる。

「なんだよ、これ。孫悟空《そんごくう》の頭の輪っかかっ」

「水の女神の御使い？」

眉根《まゆね》を寄せて難しい表情をしている男に、竜真はうんうんと頷きながら言う。

「信じられないだろ？　オレだって、信じられないしっ。でも、本当らしい。だってこの髪と肌の色、水の女神にそっくりだ」

「水の女神……御使い……お前が、この世界を救えるというのか？」

男は不審そうに聞きながらも、縋《すが》るような目を向けてくる。

「そう言われたんだけど……なんか、いろいろできるようにしたらしい」

「いろいろとは？」

「うーん、と……」

一気に送り込まれた知識の中から、水不足の世界で役に立ちそうな能力を口にする。

「一番大きいのは、水が尽きない水瓶を作ることかな？　水瓶を作るとき素地土にオレの髪を一本交ぜると、魔法の水瓶ができるらしい。長さは関係ないから、ちょっと切って入れればいいみたいだ」

「それは……それが本当なら、水不足に喘《あえ》ぐ人間たちが救われるぞ」

「あと、雨乞《あまご》いとか、降った雨が大地を豊かにしたりとか？」

「素晴らしい……本来ならそんなことを簡単に信じる私ではないが、お前の不思議な出現の仕方を目の当たりにしたからな。水の女神か……感謝しよう」

「水の女神も偉そうだったけど、あなたも相当ですねー。もしかして王様とか言っちゃいます？」

竜真はからかってそう言ったのだが、男の返事は予想を上回った。

「そのとおりだ。人間の王ではなく、竜族の王だが。私は、竜王のレノックス・アリスター二世。お前の名は？」

「竜王⁉　竜族って、本当にいるのか……竜になれる人間？　人間になれる竜？」

「人間になれる竜のほうだな。私たちの本体は竜だから」

「はー……本当に、オレの世界とは違うんだ……」

「それで、お前の名は？」

「天宮竜真。天《てん》の宮《みや》、天宮が名字で、真《しん》の竜《りゅう》、竜真が名前だよ。もちろんオレは、竜じゃなくて人間だけど」

「名字とは？」

「あ、こっちにはないのか。えーっと……家族の名前……かな？　うちの家族の名前が天宮で、オレの名前が竜真。兄の名前は竜伸《たつのぶ》で、天宮竜伸って感じ」

「なるほど……真の竜か……竜真……美しい響きだな。私のことはレノックスと呼んでくれ」

「分かった」

「いつまでもここにいても仕方ない。城に戻ることにしよう」

そう言うや、レノックスの姿が瞬く間に竜の姿に変わる。

とても大きく、黒光りする竜だ。月の光を弾いて不思議な色彩になっている。

竜真はポカンとしてその姿を見つめ、次いで興奮に目を輝かせた。

「おおーっ。竜だ！　格好いい……本物の竜なんて初めて見た！」

そう言ったあと、自分の言葉にガクッと肩を落とす。

「……って、そんなの当たり前だっつーの。竜なんて、地球じゃ空想の生き物だもんな。うわー……マジで異世界だよ〜。どうする、オレッ」

夢じゃないのはもう認めるしかないにしても、もしかしたら地球のどこかなのかも……という希望が見事に潰《つい》えてしまった。

落ち込む竜真に、レノックスが言う。

『飛ぶから、背中に乗ってくれ。翼に足をかけて、登るんだ』

「そんなことしたら、痛くないか？　翼、折れたりしない？」

『そんなやわじゃない。心配しなくても大丈夫だ』

「そうなのか……それじゃ、失礼して。――ヨイショっと」

竜は巨大なので、背中に乗るのは一苦労だが、レノックスがうまく翼を動かしてくれたのと、水の膜がするりと竜真の体を包んで背中へと押し上げてくれた。

『この水が竜真を私に固定していて、落ちることはない』

「そうなんだ……と言われても、怖いな」

いのである。

竜真は観光地で馬に乗ったことがあるが、手綱《たづな》も鞍《くら》もあった。だがレノックスには、何もないのである。

硬くてツルリとしたウロコに包まれた巨体は、掴《つか》むところもない。体に腕を回そうにも、大きすぎてどうにもならなかった。

「お、お願いだから、落とさないでくれよ」

『任せろ』

フワリとレノックスの体が浮かび上がり、それから風を切って前へと進んでいく。

「おっ、おっ、なんかすごく速い……しかも、安定してる。馬よりずっと乗りやすいな」

水の膜がしっかりと包んでいてくれるのを感じるから、怖くない。

「オレ、竜に乗って飛んでるのか……すげえ」

驚きと興奮が懊悩《おうのう》を上回り、竜真はありえない経験にキョロキョロとまわりを見る。

「ああ、これ、明るいときに乗りたかったな。月明かりだけじゃ、よく見えない」

『いつでも乗せてやるぞ』

「ありがと。ちょっと楽しみ」

その前に解決しなければいけない問題が山ほどあるような気がするが、一つくらい楽しみがあるのはありがたい。

遥《はる》か遠くに見えた明かりがグングンと近づいてきて、レノックスは城にしか見えない建物の屋上に降り立つ。

そして竜真が降りるのを待って、人型に戻った。

「本当にすごいな。一瞬で人型になった……いったい、どうやってるんだ？」

「頭で念じるだけだ。私にとっては、難しいことではない」

「うう～ん。竜族か……まいったな。オレの常識が覆されていく～っ」

竜に乗った興奮が冷めると、すぐにまた自分の身に降りかかった悲劇に心が沈んでいく。

泣きたいと思っていたら、扉を開けて赤い髪をした男がやってきた。レノックスと同じく、長身の美形だ。

「レノックス様、お帰りなさいませ。……そちらの美しい方は、どなたですか？　不思議な髪の色です……」

「エルマーか。この方は、水の女神が使わしてくれた、御使いらしい」

「御使い？」

怪訝《けげん》そうに首を傾《かし》げるエルマーに、レノックスは言う。

「詳しい話は、明日にしよう。夜も遅いし、御使いは疲れておられる。隣の部屋は使えるか？」

「はい、大丈夫です。寝衣《しんい》をお持ちいたします」

疑問があっても、エルマーは竜王であるレノックスの言葉には逆らわないらしい。いきなり水の女神やら御使いなどと言われても、わけが分からないはずだった。

三人は屋上から城の中へと入り、階段を下りる。

大きく広い、居間らしき空間。天井がやけに高い。

竜真が案内された部屋もやはり広く、ベッドは見たことがないほど大きい。テーブルや椅子といった調度品も、美しい飾りのついた立派なものだった。

「寝衣をどうぞ」

「ありがとう」

「かなり動揺しているようだし、疲れてもいるようだから、今日はとにかく寝てしまうことだ。考えるのは、明日にすればいい」

「何かございましたら、枕元の紐《ひも》をお引きください。すぐにまいりますので」

「分かった。……ありがとう」

気を使ってもらっているのが分かるし、立派な部屋も用意してもらった。

竜真が礼を言うと二人は部屋から出ていって、一人になる。

「はー……ああ、もう、本当にどうしよう……。こんなの、やっぱり信じられないぞ」

波打つ気分のまま、落ち着きなくウロウロと部屋の中を歩き回る。

「夢なら、いい加減覚めてもいい頃……くそっ、夢じゃないんだよな、これ。あのババアが……いでででっ！」

額飾りがギューーッと締まって、竜真はのた打ち回ることになる。

「孫悟空の輪っかみたいなのが嵌められてるんだっけ。忘れてた。くっそー、やっぱ夢じゃない。マジで痛かったぞ」

嬉しくない確認方法だと思いながら、竜真は再びハーッと大きな溜め息を漏らす。

「……寝よ。考えても仕方ないし。もしかしたら、寝てる間に元の世界に戻れるかもしれないもんな」

その可能性は低いだろうと分かっていても、わずかな希望に縋りつかずにはいられない。

竜真はノロノロとレノックスに貸してもらっていた上着を脱ぎ、綿でできているらしい白の寝間着を着る。

「……ネグリジェみたいな？　いや、外国の寄宿舎かなんかで子供たちが着てるみたいな寝間着だな」

このタイプを着て寝るのは初めてだ。異世界でありながら似たようなものは多いと思いながら、竜真はベッドに入った。

「……広い。デカい。なんでこんな、無駄にデカいんだ？　あっ……竜の姿のまま寝ることもあるとか？」

それならやたらと天井が高いのも、ベッドが無駄に大きいのも納得できる。

「竜族とか、本当にいるんだもんなぁ……ああ、どうしよう。オレ、マジ、どうすればいいんだ……」

元の世界の竜真は、自分の生活や人生に満足していたので、異世界に連れてこられるなど迷惑以外の何ものでもない。

「なんでオレなんだよ。もっと他にいるだろ……ファンタジー大好き人間とか、人間関係に悩んで逃避したがってるやつとか……オレは元の世界に未練たっぷりだっつーの」

ベッドに入って目を瞑《つむ》っても、愚痴《ぐち》と文句が次から次へと湧《わ》いてくる。

眠ったほうがいいと分かっているのに、気が立って寝るどころではない。これから自分はどうなるのかに思いを馳《は》せると、不安しかなかった。

(やだやだやだやだ無理無理無理無理……帰せーっ、戻せーっ、ギャーッ)

ベッドの上でゴロンゴロンとのた打ち回っていると、扉がノックされ、レノックスが入ってくる。

居間への扉ではなく、どうやら隣の部屋と繋がっているらしい。

「眠れないのか?」

そう聞かれ、竜真はムクリと上体を起こした。

「……無理。オレ、別の世界の人間なんだよ。よその世界に連れてこられて、御使いをやれなんて言われて、呑気《のんき》に寝るなんてできない……」

「分かるよ。私も、ずいぶんと長いこと、まともに眠れていない。雨不足に日照り……子を望めない竜族の未来……御使いだという竜真の言葉に縋りつきたくなるほど、我々は追いつめられている」

そのあたりの情報は、水の女神によって教えられている。

ずいぶんと前に始まった太陽の暴走は加速する一方で、どんどん膨らんできている。そう遠くない未来にこの星を呑み込むかもしれない。

この世界の太陽は、竜馬の見知った太陽より大きく、赤味が強く見えた。

竜族の特別な目には、活発なフレアによるコロナ《光冠》と、炎の帯であるプロミネンス《紅炎》があちこちから噴き出し、太陽のまわりを不気味にうねっているのが見えていた。

それゆえ、自分たちの世界がどれほど危ういところにいるのか知っているのだ。

竜王であるレノックスの深い苦悩に比べると、自分の悩みが軽く感じてしまう。

「ああ、うん……それを言われるとオレも、嫌だって言うのが後ろめたくなるけど……でもオレ、他の世界の人間なんだよ。ごく普通の会社員だ」

太陽の暴走によって滅びかけている世界を救うなんて、自分には無理だと思ってしまう。

「……水の女神の世界は、いいところなのか？」

「いや、知らない。オレ、水の女神の世界の住人じゃないから。御使いにピッタリだからって、別の世界から無理やり連れてこられたんだ」

「それは――……」

不満いっぱいの竜真に対し、レノックスは困った顔をしている。どうやら竜真が感じている理不尽さを分かってもらえたらしい。

（優しいな……）

王様だからか基本的に偉そうではあるが、竜真を気にかけてくれている。御使いとしてではなく、ちゃんと竜真を見てくれている気がした。

そもそも、寝付けないでいた竜真を心配して来てくれたのだ。

「……そういえばレノックス、隣から来たよな。この部屋はレノックスの部屋と繋がってるのか？」

「ああ、花嫁の間だからな」

「えっ、花嫁の間？　それってつまり、竜王の奥さんの部屋だよな。そんな部屋にオレを寝かしていいのか？」

「どうせ、私に花嫁は見つからない。爪痕《つめあと》の痣《あざ》を持つ人間は、生まれていないからな」

「ああ、そうか……」

太陽の暴走が影響をもたらしたのは、暑くなった気候や巨大フレアによる災害といったものばかりではない。

竜族にも見えない影響を及ぼし、それでなくても生まれづらかった子供が、それまでの半分、三分の一、五分の一、十分の一というように、滅多に生まれなくなったのだ。

おまけに竜族の子供を産める人間——竜の爪痕の痣を持つ人間も生まれなくなった。

レノックスの母親が最後の爪痕の痣を持つ人間であり、ずいぶんと年が離れて生まれた弟のアラムが、最後に生まれた竜族だった。

竜族のメスはもちろんのこと、レノックスの花嫁になれる爪痕の痣を持つ人間も今はこの世界に存在していないのである。

そのあたりの事情も水の女神によってもたらされている竜真は、なんとも気の毒なレノックスに同情を寄せる。

「それに、この部屋が一番上等な部屋だ。水の女神の御使いに、ここより下の部屋を使わせるわけにはいかない」

「御使いか……オレ、御使いなんだよなぁ……無理～…無理無理～っ」

駄々を捏《こ》ねるようにゴロンゴロンと転がっていて、ふとレノックスの表情が曇っているのに気づく。

「レノックスに文句を言っても仕方ないよな。ごめん……なんか、顔色悪くないか？」

「ああ、少し頭痛がするだけだ。いつものことだから、気にしなくていい」

「頭痛か……あれ、地味につらいよな。薬とかないのか？」

「ない。そもそも竜族は、病気とは無縁だからな」

「そうなんだ……じゃあ、こっちに来いよ。オレ、癒やしの力もあるみたいだから、たぶん治せるんじゃないかな」

水の女神には、癒やしや豊穣をもたらすといった力もある。御使いである竜真にも受け継がれているとのことだから、頭痛くらいなら問題なく治せるはずだった。

本当に自分にそんな力があるか確認するためにも、ちょうどいい。

(もしかして、力なんてないかも……そうしたら、お役御免で元の世界に戻してもらえるよな)

レノックスの頭痛を癒やし、深くて重い悩みをなんとかしてあげたいという気持ちはあるが、それ以上に自分の世界に戻りたい。

竜真は力なんてないといいなと思いつつ、ベッドを指さす。

「マッサージをするから、ちょっとそこに寝て」

「分かった」

素直に仰向けになったレノックスの頭のほうに回り、ヘッドマッサージを受けたときのことを思い出しながら指を動かしていく。

「ずいぶん、無防備だな。そんなに簡単に信用していいのか？」

「普通なら怪しいと警戒するところだが……竜真の気配は優しい。今も、本気で私を案じてくれているだろう？　そういう気持ちは、伝わるものだ」

「そっか……じゃあ、気を楽にして、体から力を抜いてくれな」

「分かった」

こめかみを優しく押し、頭皮を刺激するように揉《も》み込む。

見よう見真似でもなんとかなるものらしく、しばらくするとレノックスは穏やかな寝息を立て始めた。

「……これは、水の女神の癒やしの力なのか？　それとも単にオレのマッサージが効《き》いた？」

竜真は首を傾げて考えるが、答えは出ない。

「オレも、もう寝ようっと……寝て、起きたら、なんとかなってるかも？」

それが希望的観測にしかすぎないと分かっていても、竜真は自分にそう言い聞かせた。

だがベッドに入る前に、レノックスをなんとかしたほうがいいのだろうかと考える。

「むーっ」

どう考えても竜真が動かせる体格ではないし、幸いにしてベッドは二人で寝てもなんの問題もないくらい大きい。とりあえず上掛けを捲《めく》ってかけてやって、自分は毛布の中に潜り込んだ。

「寒かったら、自分でなんとかするだろ。子供じゃないし、大丈夫だよな」

竜族は頑健で長命というのももたらされた知識の中にあるため、薄い上掛けしかかけていなくても罪悪感はない。

「寝よ、寝よ」

眠れなくても、眠る努力はするべきだ。

竜真は目を瞑り、波打つ気持ちを落ち着かせようとした。

隣でレノックスが立てる微《かす》かな寝息を聞いているうちに、竜真もいつの間にか眠りに落ちていた。

そしてまた、水の女神の世界にいる。

女神の顔を見るや、竜真は文句を言った。

「ひどいじゃないか！　オレ、世界を救うなんて無理っ。ただの会社員で、スーパーマンじゃないんだぞ！　元の世界に戻せ！　オレを帰らせろ～っ‼」

感情のまま喚《わめ》き散らすと、女神は嫌そうに顔をしかめる。

「うるさいのう。そなたがわらわの御使いとしての務めを無事に果たせたら、元の世界に戻すから安心せい」

「本当に⁉」

「もちろん。役目を果たし、それでも戻りたいと言った場合は、あの日、あのときに戻すことにしよう」

「本当に、本当だな⁉」

女神がウソをつくとは思えなかったが、竜真にとってはとても大切なことなので、何度だって確かめたい。

「しつこいのう。わらわは、ウソなどつかぬ。約束は守るから、そなたはがんばって役目を果たすのだぞ」

竜真が読んだり見たりした異世界トリップ物は、行ったまま帰れないことが多かった。だからこそ心配だったのだが、女神がこれだけきっぱりと約束しているのなら本当に戻れるのだろうと希望が湧いてくる。

竜真はグッと拳《こぶし》を握り、力強く頷いた。

「そういうことなら、がんばる！　がんばればがんばるほど、早く戻れるんだもんな」

「何年もかかったところで、戻るのはあのときだ。長くかかっても構わぬよ」

「あっ、そうか……浦島太郎《うらしまたろう》にならなくてすむんだ。うわー……すごい気が楽になった」

世界を救うなんていう大変な任務なら、もしかして十年、二十年とかかるかもしれない。そのあとで元の世界に戻れたとしても、竜真の居場所はなくなっているはずだ。

だからこそ、女神の言葉は大きな安心を与えてくれた。

そして心に余裕ができると、途端に他のことが気になり始める。美しい筋肉と、精悍《せいかん》な浅黒い肌への未練である。

「オレの姿、元に戻してくれよ。竜族ってデカいじゃないか。こんな弱っちい姿じゃ、舐《な》められる」

「わらわの使いとしてふさわしい、美しい姿ではないか」

それに対して竜真は、大いに不満だ。苦労して作り上げた、元の姿が気に入っているのである。

「どこが？　白いし、細いし、子供みたいだし。絶対、元の姿のほうがいいって。綺麗な筋肉と浅黒い肌は、精悍で格好いいぞ」

「却下だ。筋肉筋肉うるさいのう。ああ、そうだ。そんなに言うなら、元の世界に戻すときにご自慢の筋肉を倍にしてやろう。それが褒美《ほうび》でいいか？」

女神は筋肉というものを、まったく分かっていない。多ければいいというものではないのだから、余計なことをされてはかえって困ってしまう。

「アホかーっ。オレは、筋肉隆々のボディービルダーじゃなく、美マッチョを目指してるんだ。筋肉倍増とか、迷惑だから！」

「分かった、分かった。うるさいやつじゃのう。もうお戻り」

そう言ったかと思うと、ポイッと女神の世界から追い出される。

「ああ、そうそう、小さな水竜をよろしくな。あの子の助けを求める声が、わらわを呼び寄せたのだ」

女神の言葉とともに、竜真の脳裏に弱々しく鳴く仔竜の姿が浮かんだ。

（水色の、小さな竜……）

そしてフッと意識が浮上し、目が覚める。

カーテンの向こう側は明るく、もう朝になっていた。

「……今の、夢だけど夢じゃないよな……帰れるんだ。よかった……」

はーっと大きく息を吐き出し、竜真はよしっと気合いを入れて起き上がる。

「そうと決まったら、がんばるぞーっ。レノックス、起きろ！　いつまで寝てるんだよ」

ぐっすりと眠っているレノックスの肩をユサユサと揺すって起こすと、レノックスは不満そうな顔をする。

「久しぶりに、気持ちのいい眠りだったのに……」

「もう、朝だからっ。早く起きて、動くんだ。御使いの務め、がんばるぞーっ‼」

寝起きに、やたらと気合いの入っている竜真の姿を見て、レノックスは面食らっている。

「そ、そうか……御使いがやる気満々で、ありがたいことだ。では、起きることにしよう」

レノックスはそう言って起き上がると、枕元の紐を引っ張る。

すると、すぐにエルマーが飛んできた。

「おはようございます。御使い様のお衣装は、こちらをどうぞ。お手伝いいたしますか？」

「あ、大丈夫です。自分でできます」

「かしこまりました。では私は、朝食の用意をいたします」

それを合図にレノックスは自分の部屋へと戻っていき、竜真も初めての服に首を傾げつつ着替える。

太陽の暴走のせいで毎日暑いせいか、袖《そで》の短い、簡素な服なのは幸いだった。

とはいえ、高価なものなのは間違いない。薄手でヒラヒラとした袖や裾《すそ》には金糸で飾り刺《し》繡《しゅう》がしてあるし、胸元にも美しく豪奢《ごうしゃ》な金糸の花が咲いていた。

竜真はチラリと「女物っぽい？」と思ったが、与えられている身なので文句は言えない。

何より、なるべく見ないようにしていた鏡に一瞬映った姿が——女神の好みだという今の容姿にとても似合っていたのがつらかった。

複雑な色彩を持つ水色の髪と澄んだ青い瞳。真珠色の肌。可愛いと綺麗の狭間《はざま》のような顔立ち。

自分でなければ素直に可愛いねと褒《ほ》めることもできるが、自分だと思うと情けないばかりである。

だから竜真はなるべく鏡を見ないように気をつけて、着替えが終わるやレノックスを追いかけて隣の部屋に向かった。

レノックスももう着替えをすませ、ベビーベッドにいる小さな竜を見つめていた。

「うわー、小さい！　可愛いっ」

竜真の言葉に、レノックスはなんとも複雑な表情を浮かべる。

「弟のアラムだ。もうすぐ三歳になろうというところだが、体が弱くて成長が芳《かんば》しくない」

「そうなんだ……」

竜真は三歳の竜がどのくらいの大きさか知らないが、ベッドに寝ている小さな竜の呼吸は弱々しいものだった。

（水色の、小さな竜だ……女神を呼び寄せた子？）

「この子は、水竜？　今、他に子供の竜はいないんだよな？」

「そうだ」

「そっか……」

それならやはり、この子が必死で助けを求め、水の女神がそれに応《こた》えたに違いない。

竜真はソッと手を伸ばし、アラムに話しかける。

「アラム、苦しい？　体、つらい？」

その声に答えるように、アラムの目がゆっくりと開く。そして竜真を見つめ、ヨタヨタと起き上がってにじり寄ってきた。

「おっ、動いた。可愛いなぁ。この子、抱っこしてもいい？」

「構わない」

「それじゃ……」

竜真は恐る恐る仔竜の腋の下に手を入れ、お尻を支えて抱き上げる。腕の中で抱え込むようにすると、仔竜のクリッとした水色の目が竜真を見つめてきた。

「ううーっ、可愛い。デッカイ竜は格好いいけど、小さい竜は可愛いの一言だ。こんな小さいのにウロコも一枚一枚ちゃんとしてるのがすごいなぁ。あーっ、可愛い」

実家で飼っていたネコを可愛がる要領で頭や首のまわりを撫《な》でてやると、気持ち良さそうにするのは同じだ。

「気持ちいいか～そうか～可愛いやつめ～。オレも子供の頃はすごい体が弱かったんだよ。でも、がんばって丈夫になった。だからきっとキミも大丈夫」

アラムが水の女神を呼び寄せたとのことだから、ことさら気にかけているに違いない。

癒やしの力を竜真に与えて、アラムの兄であるレノックスの前に飛ばしたのもアラムのためかもしれない。

竜真は大丈夫大丈夫と言いながらアラムを撫でた。

そこにノックの音がして、エルマーがやってくる。

「朝食の用意ができました。今朝は気持ちのいい風が吹いておりますので、テラスにどうぞ」

「アラムも一緒に食べるから、そのまま連れていってやってくれ」

「了解～。ご飯だってよ。楽しみだね」

「キュー」

案内されたのは町が一望できるテラスで、見事な景色と吹き抜ける風が気持ちいい。しかし太陽による過熱によって、まだ早朝にもかかわらず気温が上がっていた。

（……日本の真夏と同じくらいか？　この世界って、クーラーないんだよな？　日中はどう過ごしてるんだろ……）

日本のように蛇口《じゃぐち》を捻《ひね》れば水が出てくるというわけにはいかないし、そもそも日照り続きのせいで水不足になっている。

日本の夏より遥かにつらい状況のようだった。

「御使い様、アラム様をこちらに……」

「ああ、うん。オレのことは竜真って呼んでください。御使い様って、なんか重い……」

「分かりました」

腕の中のアラムをエルマーに渡そうとするが、アラムは竜真の服を掴んで離れようとしない。

「アラム？　ご飯だってよ」

「キューッ」

「御使い様……ではなく、竜真様もお食事ですから、こちらに」

アラムはそれに嫌々と首を横に振り、服に爪を立てて抵抗した。

「うーん。じゃあ、オレが食べながら、アラムに食べさせるよ。アラムのご飯、持ってきてくれる？」

「申し訳ございませんが、よろしくお願いいたします」

レノックスが、自分の飲み物を持って竜真の隣に移ってくる。

「では、私が竜真に食べさせよう」

エルマーともう一人の使用人らしい男性が、すでにテーブルに用意しておいた朝食を移動させる。

結局、竜真が膝《ひざ》の上のアラムに食べさせ、レノックスが自分も食べつつ竜真にも食べさせるという構図で食事が進んでいった。

「う～ん、こっちのご飯、普通に美味《おい》しい。オレたちの食事と似てるし。……よかった」

食の違いは大きなストレスになるから、似たような料理が並んでいるのにホッとする。

二種類のパンとオムレツ、ソーセージ……味付けもバターや塩、コショウといったシンプルなものである。

「アラムが食べてるのは何？」

「トリ肉を細かく叩《たた》いたものを、穀物と一緒にやわらかく煮ています」

「へー。これも美味しそうだよね。アラム、美味しい？」

「キュキュッ」

「美味しいみたい」

まだ言葉は喋《しゃべ》れないようだが、いかにもご機嫌な様子だ。

木のスプーンで差し出したそれをパクパクと食べていたが、グーッと首を伸ばして竜真のオムレツに興味を示す。

「……ん？　何？　オムレツ、食べたいの？　レノックス、アラムって、オムレツ食べてもいいの？」

「構わない」

「じゃ、ちょっとあげよう。アーンして」

　素直に口を開けるのが可愛い。アラムはどうやらオムレツを気に入ったらしく、キュキュッとご機嫌に鳴いていた。

　竜真に用意されたオムレツは巨大だったので、アラムが少し食べてくれるとありがたい。

（卵四個？　五個くらい使ってるかも……）

　レノックスのオムレツはそれが二個だから、竜族はずいぶんとたくさん食べるらしい。

　この世界では朝が特別量が多いのか、それとも三食ともなのか……女神がもたらしてくれた知識だが、さすがにそこまで詳しくなかった。

　アラムに手伝ってもらっても食べきることはできなかったので、エルマーに次からは半分くらいにしてくださいとお願いする。

「可憐《かれん》なお姿どおり、小食なのですね」

　女神好みの容姿は、竜族にも好ましいらしい。

　エルマーに惚《ほ》れ惚《ぼ》れと見つめられ、感嘆したように言われて、竜真は顔をしかめそうになった。

「食後のお茶と、甘い焼き菓子をお持ちいたします。お好きですよね？」

（なんでそう思うんだ⁉　この容姿だからか？　甘いものは好きだけど、顔、関係ないから‼）

竜真は心の中で激しく文句を言いながら、自分の膝から下りようとしないアラムを撫でる。

ご機嫌のアラムを撫でていると、少し落ち着く気がした。

「竜真の膝は気持ちがいいか？　今朝はたくさん食べたな、アラム」

「キュー一ッ」

「もしかして、食べさせすぎた？　お腹が痛くなったら、言うんだよ」

「キュッ」

竜真を見上げて返事をしたアラムだが、お腹が満たされたせいか大きな欠伸《あくび》をする。そして膝の上でモゾモゾと動いていたかと思うと、クルリと丸まって眠る体勢に入った。

「あれ、また寝るの？　寝る子は育つっていうし、いいのかな？」

「たくさん食べたから、疲れたのかもしれない。いつもは半分も食べないんだ」

「へー」

「やはり竜真には、癒やしの力があるらしい。昨夜も、あっという間に私の頭痛を取り除いてくれた。あんなにぐっすり眠ったのは、ずいぶんと久しぶりだ」

「それはよかった。癒やしっていっても、どうやるかはよく分からないんだけどさ。しばらくアラムと一緒にいたら、自然と丈夫になるかもね」

「そうだな。アラムを頼む」

「うん」

お茶と焼き菓子の載ったトレーを持って戻ってきたエルマーが、それらをテーブルに移しながら言う。

「アラム様は、眠ってしまわれたのですね。ベッドに移しましょうか?」

「このままでいいです。アラム、大して重くないし」

「竜真には、癒やしの力がある。竜真に触れているほうがアラムにはよさそうだ」

「それは……どうぞ、アラム様をよろしくお願いいたします」

「はい」

「エルマーも座るといい。竜真、この男は火竜のエルマー。私の子供時代の世話係であり、右腕だ。一緒に竜真の話を聞いたほうがいい」

「分かった。オレは、天宮竜真です。この世界の住人じゃなく、他の世界から水の女神に呼び寄せられました」

「水の女神に……な、なんのために……でしょう?」

「この世界を救うため、らしいです」

「おおっ!」

縋るような目で見つめられるのは、居心地が悪い。

世界を救うなんていう大それたことが自分にできるとは思えないのに、水の女神が選んだのは竜真なのである。

しかし元の世界に戻るには、この世界を――暴走する太陽をなんとかするしかない。

だから竜真は、無理だと言いたくなるのを抑え、御使いとして使える数々の能力を二人に伝える。

「……雨乞いには、竜真様がその地に行かなければいけないのですね。でも、髪の毛を入れた水瓶を作らせれば、実際にいる必要はない」

「そうです」

「我々にとって目下の悩みは、日照りによる水不足です。尽きない水瓶があれば、ひとまずそれは解消されます」

「そうだな。水瓶を作らせるために、みなを呼び寄せよう。竜真の髪を持たせ、各地に届けるんだ」

「はい」

レノックスは立ち上がって柵の前まで歩き、空に向かってオオーンと吼《ほ》える。

人間の喉《のど》から出たとは思えない声で、竜真の膝で眠っていたアラムがビクリとして目を覚ました。

「今のが、招集の合図？」

「ああ。かなり遠くの地まで行っている者もいるが、二日後にはすべての竜族が集まるだろう」

「へー」

女神の教えてくれた情報によると、ここは地球に似た世界だ。高い山や砂漠、氷に覆われた地もあった。

太陽の熱はその氷を溶かす勢いなので、氷竜が常駐して氷を補強している姿が竜真の脳裏に蘇《よみがえ》る。

それに水竜も各地を飛び回って水を与えているので、疲労困憊《ひろうこんぱい》のはずである。

「ところでレノックス様、太陽が少し穏やかになったと思いませんか？」

「なんだと」

空で強烈な光を放つ太陽。眩《まぶ》しすぎ、遠すぎて、人間の目にはどうなっているのか分からない。

けれど竜族の目は特別で、竜真には見えないものが見えているらしい。

「……炎の帯のうねりが、いつもより少ないな」

「表面の対流状態も、いつもより少ないと思います」

時間の経過とともに危険な兆候を深めていた太陽は、竜族にとって最大の関心事だ。毎日、不安とともに様子を見守ってきたからこそ、些細な変化にも気づくらしい。

「そんなに違う？　オレが来た効果なのかな〜？」

「昨日までとは、様子が違う。水の女神とは、大した存在なのだな」

「すごい力を持っているんだから、自分で来て、パパパッと問題解決してくれればいいのにさ。水の女神の力は強すぎるし、この世界の住人じゃないから、下手に干渉しすぎるとまずいことになるみたいだ」

「それで、竜真が遣わされたわけか」

「オレの、母方のご先祖様は代々水龍の神官だったとかなんとか。器としてちょうどいいらしい」

「水竜……」

「こっちの竜とは違うけどね」

「そうか……不思議な縁だな」

「本当に」

さすがにこの状況のレノックスたちに対していい迷惑だとは言えなかったが、竜真の本音としてはそれだった。

だがこうなってしまった以上、全力でこの世界を救う努力をするつもりだ。がんばればがんばるだけ早くレノックスたちを楽にしてあげられるし、早く戻れるのである。

「水瓶を各地で作らせるのとは別に、オレは雨乞いをして回ったほうがいいと思うんだよ。オレの降らせる雨には癒やしとか豊穣をもたらす力が入っているから、干からびた土地を回復させるんだってさ」

「なんと……」

「素晴らしい」

「ついでに、水瓶の中の水にも力を注げば、普通よりいい水になるみたいだ。だから、うーんと……」

どうすれば効率的なのか首を傾げていると、レノックスが言う。

「巨大な水瓶をいくつも作り、村々に設置するとなれば、一ヵ月くらいはかかるだろう。それまで竜真にはゆっくりしてもらって、水瓶の設置が終わったら各地を回ることにしよう」

「そうですね。竜真様の雨乞いで土地を癒やしていただき、そのあと水瓶の水を使えば効率的です。長い旅になりますから」

この世界が地球と同じくらい広いのは、竜真ももう知っている。竜の翼をもってすれば二日ほどでも、村々に降り立って雨乞いをしたり、水瓶に水を満たして回ったりするととんでもなく時間がかかりそうだ。

エルマーが地図を持ってきて、どう回ればより効率的なのか話し合った。

三人での作戦会議が終わると、もう昼食の時間だという。

話が長引くかもしれないということで食べやすいものを指示していたらしく、山盛りのサンドイッチが運ばれてきた。

「どういう量だ……」

それでなくても朝食を食べすぎたと思っている竜真なので、まだ胃の中にしっかりと残っている気がする。

エルマーが新しいお茶を淹《い》れてくれて、果物のジュースも渡してくれるが、サンドイッチに手を伸ばそうとは思わなかった。

「竜真、好きなのを取っていいんだぞ」

「いや、お腹空《なかす》いてないから」

「なぜ？　先ほども、あまり食べていないのに。食欲がないのか？」

「いやいや、普通。朝、いつもよりたくさん食べたし、話をしていただけだから、お腹が空かないんだよ」

「しかし……それでは体が持たないぞ」

体格に見合った食欲のレノックスたちには、竜真はひどく小食に見えるらしい。

純粋に心配の目で見つめられ、竜真はボソリと「マッチョどもめ」と呟《つぶや》いてしまう。

「うん？」

「なんですか？」

よく聞き取れなかったのか、二人揃《そろ》って聞き返してくる。

二人とも美形で、何より竜真がうらやむ体格の持ち主である。

二メートルくらいありそうな長身と、服を着ていても分かる鍛えられた体つき。これ見よがしではない美しい筋肉は、竜真の理想そのものだった。

「うー……自分たちが天然マッチョだからって、舐めんなよ。オレだって、元の世界じゃちゃんと筋肉もあったんだからな。食生活も気を使ってたんだ。糖質を減らすために、米やパンを我慢して……好きなものを好きなだけ食ってマッチョなお前たち、ムカつくっ」

「マッチョとは？」

「竜真様の食べたいものをおっしゃっていただければ、作らせます。何を召し上がりたいですか？」

ただの八つ当たりだと分かっている竜真は、ハーッと大きく息を吐き出して冷静になろうとする。

「……ごめん。ちょっと、情緒不安定なんだ」

「こんな状況では無理もない。それで、マッチョというのはなんだ？」

「あー……オレの世界の言葉。レノックスたち、綺麗に筋肉ついてるだろう？　筋肉たっぷりの人間のことを『マッチョ』っていうんだよ。最高の褒め言葉だ」

「そうなのか。竜真も、以前はそのマッチョだったと？」

「そうだよ。毎日適度な運動をして、食べ物に気を使って……オレは筋肉がつきにくいから、大変だったんだ。それなのに水の女神が、自分の好みじゃないって言って、こんな姿に！　あのババアめ……って、いでででで！」

「竜真⁉」

「どうされました⁉」

うっかり悪口を言った途端、額を締めつけられた竜真が苦しみだすと、二人はガタンと椅子から立ち上がって心配する。

「うー……痛かった……。この額飾り、水の女神と繋がってるんだってさ。悪口を言うと締めつけられるの、忘れてた」

「水の女神と……」

「どうりで。素晴らしい細工だと思っていました」

「石も、サファイアのようだが、少し違う。中に、金色の光が舞っているサファイアなど、見たことがない」

「水の女神様の世界の宝石なのですね……」

二人は感動した様子で惚れ惚れと額飾りに見入っているが、竜真にとってはそんないいものではない。

どうしても孫悟空の頭に嵌められた輪――緊箍児《きんこじ》を思い出して、顔をしかめたくなった。

「なんだかなぁ……とりあえず、サンドイッチ一個だけもらう」

そもそも、一個が大きい。竜真の手のひらくらいありそうだった。

「旨《うま》い……」

中には厚く切られたハムと野菜。肉も野菜も味が濃く、瑞々《みずみず》しい。

基本的な調味料は塩とコショウの素朴なもので、マヨネーズが欲しいと思ってしまった。

「もしかして、マヨネーズってないのか？」

「マヨネーズ？　なんだ、それは」

「卵と酢を混ぜて作った調味料。薄い黄色で、トロッとしてて……サンドイッチに合うんだよ」

「知らないな。私は食べたことがない」

「私もです。竜真様の世界のものなのですね。作り方を指示していただければ、料理人が作ってくれますよ」

「作り方……」

市販品を使っていたから、作り方と言われても困る。

「……テレビで見たこと、あるよな？　どうやってたっけ？」

これから何ヵ月……もしかしたら何年も暮らすことになるかもしれないのだから、食生活は充実してほしい。

竜真はうんうん言いながらマヨネーズの作り方を思い出そうとした。

「……いけるか？　うん、いける気がする。えらいぞ、オレ。トレーニングメニューを組みながらテレビを流し見していただけなのに、わりとちゃんと憶《おぼ》えてる」

綺麗な筋肉をつけるためにはきちんとカロリー計算をする必要もあって、ドレッシングを手作りしていたのが功を奏した。

マヨネーズも、自分で簡単に作れないかな……と考えていたのである。

「食べ終わったら、厨房《ちゅうぼう》に連れていってくれる？」

「ああ。ついでに、城の中を案内しよう。広いから、主要な場所だけになるが」

「竜王の城かぁ。楽しみ。……おっと、アラムが起きた。何？　ご飯、食べるの？」

アラムは寝ぼけた顔で鼻をヒクつかせ、サンドイッチの山を見ている。

「竜族って、食欲旺盛だなぁ。だからデカくなるのか？」

ブツブツと呟きながらサンドイッチをアラムに手渡すと、アラムは両手で受け取って齧《かじ》りつく。実に美味しそうに食べたあと、置きっぱなしだった焼き菓子も欲しがった。

そしてその二つを食べ終わると、再び丸くなって眠りの世界に戻ってしまう。

竜真たちも食事を終えてお茶を飲んだあと、レノックスの案内で城内を見学することにした。

ぐっすりと寝入っているアラムは、竜真が立ち上がっても起きない。竜真はアラムを抱いたままレノックスについていった。

最上階はすべて竜王の住居で、その下には竜族たちの部屋がある。

それに、住み込みの使用人である人間たちの部屋。厨房や大広間、図書室やサロンといったものはすべて一階だった。

「大広間、デカッ！　むーっ……歴代の竜王と花嫁は、美男美女揃いだなぁ。美男と美男の肖像画も結構あるのはなんでだ？」

「竜の爪痕の痣があるものは、女性だけではない。竜の卵は最大五センチ、最小で三センチというところで、男でも楽に産めるんだ」

「お、男が卵を産むのか⁉」

「ああ」

「すごいな、竜族。いろいろとカルチャーショックだ。あんなデカくなる竜なのに、卵が三〜五センチしかないっていうのもおかしな話だよな……」

ウズラよりはニワトリの卵のほうが大きいし、ダチョウはさらに大きい。ヘビやワニなどの爬虫類《はちゅうるい》だって、成体のときの大きさとある程度比例しているはずだ。

レノックスが竜になったときの大きさを考えれば、三〜五センチというのはありえないと思う。

「水の女神が、ここは竜族の世界だって教えてくれた。世界が、竜族を深く愛してるって。だから、絶滅しそうになってもなんとかなってきたのかな？」

竜族のメスが絶えてしばらくすると、竜の爪痕の痣を持つ人間が生まれ始めた。

太陽の暴走が危険なところまできて、痣を持つ人間が生まれなくなった今、小さな水竜の声が別の世界の住人である水の女神に届いた。

これが、偶然のわけがない。そしていくら竜族に力があるといっても、それを超えた何かがあるとしか思えなかった。

「……ん？　額縁の端に刻んである数字はなんだ？」

「ああ、花嫁が産んだ子供の数だ」

「マジか？　十人とか、十二人とかいるんだけど」

「二桁を超えると、伝説の花嫁と言われる。特に三人目の伝説の花嫁は、十三人も産んでくれたうえに、緑竜のメスが二人もいたんだ」

「へー」

他の世界の住人である水の女神が、必要と思われる情報だけをドーッと頭に流し込んできたので、さすがに竜族についてそれほど詳しいわけではない。

メスが二人いたのがそんなにすごいのかと首を傾げていると、レノックスが教えてくれる。

「あの時代には、竜族のメスは絶えて長かった。だからこそ、爪痕の痣がある人間が生まれたのではないかと思われている」

「あっ、そうか。つまり、何年ぶりかのメスなのか」

「何年じゃない。何百年ぶりだ。そのメスを二人も産み育てたのだから、本当に素晴らしい花嫁だ。花嫁の名はリアムで、竜王の名はアリスター。私の名前のレノックス・アリスター二世は、この方からいただいた」

「そうなんだ……可愛いけど、男だよなぁ。男なのに、十三人も産めたのか……人間のお産ほど大変じゃなさそう」

「とても楽だぞ。眠っている間に産み落としていて、気がつかなかったなんてこともよくある。卵が頑丈でよかった」

「気がつかないって……すごいな、それ。いくらなんでも、楽すぎないか？」

「メスが竜の姿で産む卵は、二十センチ近くあったそうだ。母体に負担がかからないように調整しているんだろうな」

「なるほど……柔軟に変化してきたわけか……やっぱり、すごいな」

体の大きな竜が産むときは二十センチで、人間が産むときは三〜五センチ……そんなのは、聞いたことがない。異種族である人間に卵を産ませられるようになったことといい、竜族というのは本当に不思議な存在だった。

「竜真の世界は、どういう感じなんだ？」

「うーん……竜族はいないけど、人間を乗せて空を飛べる乗り物はあったよ。いろいろと便利で、忙しい世界かな」

「人を乗せて飛べる乗り物？　どんなものなのか、想像できないな」

「オレもちゃんと構造を知っているわけじゃないから、説明できないいんだよなぁ」

「竜真は、そういう便利な世界で育ったわけか……それでは、私たちの世界を大変に感じるかもしれないな。何かしてほしいことがあったら、教えてくれ。なるべく叶えられるようにする」

「ああ、うん、ありがと」

それから竜真の家族のことなどを聞かれるが、そう話せることはない。両親がいて、兄と妹がいて——本当に、ごく普通の家族なのだ。

大広間を出てからもあちこち見せてもらい、厨房に寄って料理長と挨拶《あいさつ》をする。

どんな調味料があるか味見をさせてもらい、酢はあったものの、予想どおり醤油と味噌がないのにガッカリした。

しかし忘れずにマヨネーズとドレッシングの作り方を教えてから厨房を出て、最後に頑丈そうな錠で閉ざされた宝物庫に案内される。

「中を見るか？」

「いや、別に興味ない……」

そう断りかけて、思い直す。

「いやいや、ちょっと待て！　竜の宝って、もしかしてすごいものがあるとか？　こう……天上の山に咲き続ける幸運を呼ぶ花とか、永遠の命をもたらす黄金のリンゴとか、アーサー王の魔法の剣エクスカリバー……みたいな、不思議系お宝」

「あいにくと、そういったものはない。普通に黄金や宝石の類《たぐ》いだ」

「ああ、じゃあ、見なくてもいいや。オレ、そっち系、興味ないんだよ。誘われて宝飾展とか見に行ったことあるけど、まぁ、綺麗だよな以外に感想なかったし」

「なるほど……では、上に戻るとするか」

「そうだな」

　石段を上って最上階にある竜王の居住フロアに戻るのは、なかなか大変なものがある。竜族の体格に合わせてあるのか、段差が微妙に高いのだ。

「……歩幅が合わない……」

　ブツブツと呟きながら上っていると、レノックスにヒョイと横抱きにされた。

「ちょっ……何するんだ！」

「大変そうだと思ってな。アラムも抱えているから、気を使うだろう？」

「それはそうだけど……お姫様抱っこは屈辱的……」

「お姫様抱っこ？」

「オレの世界じゃ、そう言うんだ。この抱き方をされるのは、子供と女性だけだよ」

「だが、このほうが楽だぞ」

体格のいいレノックスは、重そうな様子を見せずさっさと上っていく。

あっという間に最上階まで行くと、不満でいっぱいの竜真を下ろしてくれた。

「到着だ。楽でよかったろう？」

「そうだけど……やっぱり、お姫様抱っこは嬉しくない」

「ご機嫌斜めだな。甘い菓子でも食べるか？　それとも、風呂に入るか？　昨夜は時間が時間だったので、入れなかったからな」

「風呂？　入りたい。どうせ今日はもう、やることないんだよな？」

「ああ。大体の方針も決まったし、あとは竜族がすべて集まってからだ。私の領地を案内するのは、明日にしよう。その際、雨乞いをお願いできるか？」

「あー……雨乞いね。本当に雨乞いできるのか、ちょっと不安。風呂の前に、やってみるかな」

「ここでいいのか？」

「外がいい……気がする。とりあえず、テラスに出よう」

高台にあり、町を一望できる竜王の城。

最上階のテラスに立つと、竜真はレノックスにアラムを渡してうーんと空を睨《にら》みつける。

「雨乞い……雨乞い……やり方、教えておけよな。どうやるんだよ。とりあえず……」

空に向かって手を伸ばし、雨よ降れと祈る。

「雨雲、雨雲……雨降れ、雨降れ……雨雲、雨雲……雨降れ、雨降れ……」

目を瞑って集中していると、おおっというエルマーの声が聞こえる。

「雨雲が……」

「これは、降るな。空気が湿り気を帯びてきた。ずいぶんと久しい感覚だ……」

長く続いた日照りによって、乾ききった世界。

灰色の雨雲が上空を覆うと、やがてポツリポツリと雨が降り始める。

「な、なんと……信じられません……」

「……本当に降ったな。竜真、ありがとう」

「おー、成功した。こんな適当なやり方でも、なんとかなるもんだな」

女神の言葉を疑っていたつもりはなかったが、本当に成功するとは思えなかったので、喜びより先に驚きが来る。そして、心の底からホッと安堵《あんど》した。

「よかった……」

これなら、御使いとしての務めを果たせそうだ。嬉しい反面、肩にズッシリと重いものが伸《の》しかかったような気がした。

「……お風呂、入ろ。癒やされたい」

「では、こちらへ」

レノックスに案内された浴室は、竜真が考えているよりずっと立派なものだった。

文明的には明らかにこちらのほうが遅れているし、電気がないからすべて人力だ。竜王とはいえ城の最上階に浴室を造るとなれば、浴槽は小さいか、もしかしたらタライのようなもので体を洗うだけかもしれないと覚悟していたのである。

「おおーっ。広い！　浴槽もデカい！　おまけに、綺麗だなぁ」

なんといっても、窓に嵌められたステンドグラスに目を奪われる。あいにくと今は雨で外が暗かったせいで少し地味な色合いだ。太陽が輝いていたらどれほど美しいのだろうと感心した。昼と夜の風景に、花や竜たちが描かれている。緻密《ちみつ》で繊細……こんなステンドグラスは初めて見た。

「明るいときに見たかったな。仕方ないか……ところで、これ、どうやってお湯を溜めるんだ？　最上階まで持ってくるの、大変そうだけど」

「基本的には水車で汲み上げているが、城には水竜も火竜もいる。それに私は、すべての竜の能力を持っている。湯を作るなど簡単だ」

「あ、そうか……竜か……。言われてみるとオレも水の女神の御使いで、水も出せるはずなんだよな。……ちょっとやってみるか」

竜真は靴を脱いで浴室内に入ると、浴槽の前に座り込んで手を掲げてみる。

「こう？　いや、こうか？」

初めてのことなので、どうも勝手が分からない。手の位置や向きをあちこち変えながら、気合を入れてみる。

「……水、水、水よ出ろ～……あれ？　水、出てこないな。やり方、違ったか」

じゃあどうやるんだと首を傾げて、そういえば器を満たす……と教わったことを思い出す。

「あっ、なるほど。水を出すっていうより、器を満たす……つまり、触るわけか」

浴槽に手を当てて水をイメージすると、見る見るうちに浴槽に水が溜まっていく。

「おおっ、すごい。……でも、水だな。お湯、お湯っ。お湯よ、出ろ～っ」

「キュ～ッ」

「あれ？　アラム、起きたのか」

気がつけばアラムが目を覚まし、レノックスの腕の中から首を伸ばして見ている。

「アラムも一緒にお風呂に入ろうか？　でも、オレ、お湯にできないみたいなんだよ。レノックス、なんとかしてくれ」

「ああ」

レノックスが触ると、冷たかった水が湯へと変わっていく。

「どれくらいがいいんだ？」

「もうちょい、もうちょい……うん、これくらい！　いい感じだ～」

熱すぎずぬるすぎず、ゆっくりと入れそうである。

竜真はご機嫌で立ち上がり、レノックスからアラムを受け取った。

「一緒に風呂に入るのはいいけど、竜の体ってどうやって洗うんだ？　基本的な風呂の入り方も分からないし……エルマー、悪いんだけど、最初だけ教えてくれる？」

「そ、それは、つまり、入浴される竜真様と同じ浴室内にいる……ということですか？」

「そりゃ、ここにいてくれないと、教えてもらえないだろ」

「む、む、無理です！　私には、できかねます。どうぞ、レノックス様にお願いいたします。私は、冷たいお飲み物を用意しておきますので」

　そう言うと、走って出ていってしまった。

「……逃げられた。んじゃ、レノックス、教えてくれよ。オレの世界じゃ、ちょっと粗めのタオルで体を洗って、それから湯に浸かるんだ」

「同じだ。風呂に浸かってから、体を洗うのでもいいが……」

「それだと湯が汚れる……ああ、そうか。専用の風呂だから、関係ないのか。贅沢《ぜいたく》だなぁ。……まぁ、とにかく、アラムの洗い方が分からないから教えてくれよ。なんなら、一緒に入ろっか？　問題ないだろ」

「問題ない……が、複雑なところだ」

「何が？」

「竜真は美しいから、その気になったら困る」

「はー？　なんだ、それ。あっ、そうか……同性婚が、普通の世界か。ついでに今のオレ、絶世の美少年だっけ。……うっ、自分で言って、泣ける……」

鏡を見ないように気をつけているので、自分の今の姿を忘れがちだ。

「いや、でも、オレ、この世界の人間じゃないし。花嫁になるための、爪痕の痣もない。大丈夫だろ」

「そう思うが……竜真は美しすぎる」

「破壊力のある言葉だ……すっごい、嬉しくない……」

元の姿のときだって、竜真は男にモテた。だがそれは浅黒い肌や、引き締まった細マッチョ好きのゲイにであって、美少年としての扱いではなかったのである。

額を指で押さえる竜真に、レノックスが言う。

「竜の体は汚れを弾くから、目を瞑らせて頭から湯をかければいい。翼と尻だけ念入りに洗ってやってくれ」

「……分かった」

レノックスが出ていくと、竜真はブツブツと文句を言いながら服を脱ぐ。

「男同士なのに、美しすぎるとかありえないし。筋肉を褒められたら嬉しいけど、美少年的な褒め方だもんな。オレ、二十六歳だっつーの。美少年ってなんだよ。ああ、やだやだ」

異世界に連れてこられたことより、御使いなんていう厄介な立場より、努力の成果である浅黒い肌と筋肉を奪われたのが一番の不満である。

「美マッチョなイケメン御使いでもよくないか？　女性の支持と、一部の男どもの支持を得られるぞ。元の姿でも竜族には見劣りするっていうのに、なんでこんな軟弱にするかなぁ」

全裸になって、椅子に座らせておいたアラムを抱き上げる。

いつもなら髪と体を洗ってから浴槽に浸かるのだが、今日は早く入りたいという誘惑に負けてしまった。

「はー……極楽、極楽。いい湯加減だなぁ」

水の女神の加護たっぷりの湯だから、肌に優しくやわらかい。

「キュ～……」

水竜であるアラムも気持ち良さそうな声を上げ、ご機嫌で泳いだり潜ったりしていた。

「か、可愛い……」

無邪気であどけない、小さな水竜。水の女神が手を差し伸べたくなる気持ちも分かると思ってしまう。

竜真はプカプカと浮いたアラムの手を引っ張り、右に左にと移動させる。

キュウキュウ言って喜ぶアラムと、のぼせそうになるまで遊んでしまった。

★
★
★

レノックスが招集をかけたその日から、城には続々と竜族が集まり始める。

現在、竜族はわずか三十三人。長い竜族の歴史の中で最も少なく、子を産める人間が生まれていない今、まさしく絶滅の危機を迎えている。王であるレノックスが苦悩するのも当然の状況だった。

（それにしても……竜族ってムカつく……）

レノックスは二メートル近くありそうだし、エルマーも一九〇センチは超えていそうだ。そして続々と集まりつつある竜族たちは、みんな一九〇センチ超えの大男ばかりなのである。

おまけにナチュラルな美マッチョ揃いで、服を着ていても恵まれた体格と筋肉は見て取れた。

（レノックスとエルマーを見て、予測はついていたけど……）

竜真は筋肉をつけるために毎日ジムに通い、プロテインを飲み、食べたいものを我慢してようやく維持していたのに、竜族たちはなんの苦労もなく竜真の理想の美マッチョなのだ。

メラメラと嫉妬心《しっとしん》が込み上げるし、今は大嫌いだった子供時代を思い出させる軟弱な姿なのだから余計だった。

おまけに女神と好みが同じらしい彼らは、竜真を見ると「なんて美しい」だの、「綺麗だ」

などと言ってうっとりする。

嫋《たお》やかという言葉は竜真にとって褒め言葉ではないので、美マッチョたちに言われるとガーッと吠えたくなった。

属性を表す、青や赤の華やかな髪色と、やたらと整った顔立ちの竜族は、まるでモデルか俳優のような美形揃いだ。

続々と現れる彼らを見て、竜真の中でフツフツとした怒りが込み上げる。

(水の女神め～っ。絶対、竜族が美形揃いだから、絶滅するのはもったいないって思ったんだろ!)

水の女神にとってはしょせん、自分とは関係のない世界での出来事である。水に縁のあるアラムの必死の訴えが聞こえたにしても、わざわざ労力を割《さ》く理由はない。

女性ならみんな目の色を変えそうな竜族の見映えの良さに、女神がその気になったとしか思えなかった。

レノックスは集まってきた竜族たちから各地の情報を聞き、太陽の巨大フレアによって甚大な被害を受けた村の話に額を押さえる。

空を飛ぶことができて力も強い竜族は、水竜や氷竜以外もあちこちで大変な作業をしていた。

そして、二日後——すべての竜族が集まったので、大広間で正式に竜真のお披露目となる。

昼食のあと、そう報告があったため、竜真はエルマーに着替えるよう言われた。

「わざわざ着替えるの？　これでよくない？」

暑いからか絹ではなく綿だが、水色の刺繍が美しい服だ。人前に出ても恥《は》ずかしくないレベルだと思う。

しかしエルマーは、にっこりと笑みを浮かべつつも妥協しない。

「御使い様のお披露目ですから」

竜真は渋々自分に宛てがわれた花嫁の間に行き、ハンガーにかけられた服を手に取る。

「……なるほど、全然違う。気合、入ってんなぁ」

なめらかで光沢のある絹に、今着ているのとは比べものにならない豪奢な刺繍。飾りベルトや繊細なネックレス、ブレスレットまで用意されていた。

「ああ、やだやだ。可愛い清楚《せいそ》系が、今のオレには似合っちゃうんだろうなー」

ふとした瞬間にうっかり見てしまう自分の姿と、可憐だとうっとり見つめる竜族たち。レノックスやエルマーの竜真への扱いも、壊れ物に触れるかのようだった。

一七三センチある竜真は日本では普通だが、竜族の中にいると小柄だ。そして筋肉を取られたせいで、華奢と言われても仕方のない細さになっている。

悲しいことに、こんなヒラヒラの服が似合ってしまうのだ。

「アラム、オレ、着替えるから。ベッドにいてな」

「キュッ」

言葉での返事こそできないが、アラムは間違いなく言われている内容を理解している。竜真から引き離されるわけじゃないと分かれば、おとなしくしてくれていた。

大きなベッドの端っこに、小さな竜がポテッと座っている。つぶらな青い瞳が好奇心でキラキラしていて、竜真は思わず頭をグリグリと撫でてしまう。

「もう、可愛いなぁ。レノックスはさすがの迫力でちょっと怖かったけど、仔竜は可愛いの一言だ。まぁ、レノックスは黒竜だったしな～」

竜王であるレノックスは唯一の黒竜であり、体も他の竜より一回り大きいらしい。迫力があって当然だった。

「竜族が勢揃いか……美マッチョ男だけの空間……暑苦しい。どうせなら、竜の姿で集まってくれればいいのになぁ」

レノックスに案内してもらった城の中は、竜の体に合わせてどこも巨大だった。

特に大広間は、四、五百人は楽に入りそうな広さである。

レノックスを含めて三十三人しかいない今なら、竜の姿になっても余裕のはずだ。

「美マッチョ軍団より、竜のほうがいい……」

気が重いと呟きながら、竜真は服を脱いで着替えを始める。

さすがにいつもより凝った衣装なので、隠しボタンがあったり、あちこちを紐で結んだりと複雑だった。

それでもなんとか着込んで金の飾りベルトを締め、華奢な金のネックレスやブレスレットなどをつける。

鏡は見たくないから、レノックスかエルマーにチェックしてもらえばいいかと、アラムを抱っこして居間に戻った。

「さすが竜真様……とてもよくお似合いです」

竜真が嫌がるのが分かったのか、レノックスとエルマーは可愛いとか綺麗といった言葉を使わないようにしてくれている。

もっとも口には出さなくても、惚れ惚れと見てくる目や表情が雄弁に物語っていた。

「着方は、これで大丈夫ですか？　変じゃない？」

「大丈夫。とても――……」

お美しいですと言いそうになった口を、慌てて噤《つぐ》む。

「――……お似合いですよ」

「はいはい。気を使ってくれて、ありがとう。変じゃないならいいんだ……って、レノックス、格好いいな‼」

レノックスもまた、いつもより凝った衣装を着ている。

きちんとした上着には豪華な刺繍が入っているし、大ぶりで豪奢なネックレスと、腰には美しい黄金の剣も佩《は》いていた。

竜真もだが、レノックスも青系でまとめた出で立ちである。

「一応、全員を集めたからな。準正装だ」

「へー。正装はどんな感じなんだ？」

「これに飾りの数が増え、王冠を被る」

「王冠か……やっぱ、オレの世界と似てるなぁ」

もちろん竜族なんていないが、それ以外は似ている部分がたくさんある。おかげで大きな違和感はなくてすんでいた。

「さて、準備はできたな。行くとするか」

「了解。……っと、アラムを抱っこしたままでいいのか？」

「構わない。だが、重くはないか？」

「全然。アラム、一、二キロってとこかな？　仔ネコレベルだから、疲れるほどじゃない」

「仔ネコ？　アラムは、大人のネコ二匹くらいあるはずだが……」

「あれ？　じゃあアラム、やっぱり水の女神の加護つきかな？　オレ、全然重く感じないんだけど」

「それならよかった。昨日から、腕が疲れるのではないかと心配していたんだ」

どうりでレノックスやエルマーが、何度も大丈夫か聞いてきたわけである。大人のネコ二匹分といえば十キロ近い。今の華奢な竜真には、重すぎると思ったらしい。

（くそっ、女神め～。こんな軟弱な姿にしやがって～。オレは、ベンチプレスで八十キロのバーベルを上げてたんだぞ！）

うっかり文句を口に出すと額飾りが締まって痛い思いをするから、心の中で思うだけにする。

大広間に移動すると、入り口を守っていた人間の兵士たちが大きな扉を開けてくれた。

「――――」

一斉に飛んでくる、竜族たちの視線。ほとんどの竜族とは初めて会うので、竜真の容姿に対する褒め言葉が聞こえてくる。

（綺麗とか、美しいとか……オレにとっては、褒め言葉じゃないっての。格好いい、イケメンが恋しい……）

そう言われるために、不断の努力を続けてきたのである。女性にモテるためではなく、理想の自分の姿に近づくためだ。

それなのに、理想を体現したような美マッチョたちに美しいと言われると、大声で喚きながら暴れたくなった。

この三日ずっと一緒にいて竜真のそんな心境が読めるようになったらしいレノックスが、竜真の頭に手を乗せてポンポンと叩く。

悪気はないのだから怒るなと、宥《なだ》めているのである。

竜真にもそれは分かっているので、頭に血が上りそうなのをグッと抑える。

注目を浴びながら歩いていき、レノックスについて壇上へと上がった。

レノックスは玉座に座ることなく、立ったまま彼らに竜真を紹介する。

「水の女神の御使いである、竜真だ」

おおーっというどよめきが起こるが、それはレノックスが軽く手を上げるだけで抑えられた。

「今回、みなに集まってもらったのは、この世界を救う手立てが見つかったからだ。ここ数日、太陽の暴走が少し治まったのに気がついたか？」

「はい、もちろんです」

「太陽の動きが静かになり、暑さが和らぎました」

「氷の溶け方も緩やかです」

太陽活動の活発化による気温上昇が現在の彼らの最大の懸念だから、やはり毎日注視していたらしい。それゆえすぐに異変にも気づき、ホッとしつつも大きなフレアを起こす前の小休止ではないかと心配していたようだ。

「太陽がおとなしくなったのは、御使いである竜真が来た影響らしい」

それから竜真に何ができるか、竜真の髪を入れた水瓶を作らせて、竜真が雨乞いをしながら各地を回るという計画を伝える。

「素晴らしい……美しいだけでなく、そのような力がおありなのですね」

「可憐なうえに、我々を助けてくださる……」

（このーっ。いちいちカチンとくる感謝の言葉だな！）

事前に切っておいた髪の毛の束を彼らに渡し、地図を見ながら考えた最適と思われるルートに沿って各地に飛んでもらう。

疲労困憊の水竜と氷竜には少し城にとどまってもらって、竜真がマッサージをして元気を回復させることにした。特に水竜は、水瓶ができるまでもう少しがんばってもらう必要がある。

実際、この世界をなんとか維持するために力を尽くしていた水竜と氷竜たちは、見るからに疲れている様子だった。

自分たちの部屋に入った途端眠りに就《つ》き、竜真が訪れても目を覚まさない。

「疲れてんなー」

とりあえず水竜からと、眠ったままの彼らの体をマッサージする。

自分がされていたときのことを思い出しながらではあるが、ちゃんと効果があるのはレノックスで実証ずみだった。

「がんばれ～。元気になれ～。大丈夫、大丈夫」

正式なやり方なんて知らないから、そんなことを言いながら回復しろと祈る。

見る見るうちに顔色がよくなり、寝息も深く穏やかになるところを見ると、やはり効果はありそうだった。

額飾りの宝石から女神に力をもらえるから、いくら力を使っても疲れ知らずである。

しっかりと癒やせたことに気分を良くし、竜真は水竜たちの部屋を回った。

起きている相手も、竜真がマッサージをしているうちに眠りに就いている。

「もしかしてオレ、マッサージうまいのかな～と自惚《うぬぼ》れそう。女神の力って分かってるけどさ。あと、水竜たちがヘロヘロなのもあるかな。すっごい、疲れてるよな」

「太陽が過活動を始めてからというもの、水竜と氷竜は働きづめだからな。おかげでこの世界はなんとか持っている」

「だな～。水瓶ができるまで水竜にはがんばってもらわなきゃいけないし、氷竜は氷が溶けないように補強してもらわないといけないし……大変だ」

水竜が八人と、氷竜が三人。それぞれ十分程度のマッサージでも効果が絶大なのは、やはり水に属する竜族だから女神と相性がいいのかもしれない。

「また夕食のあとにでもマッサージしようかな。竜族は頑健で体力もあるらしいのに、こんなに疲れきってるって、よっぽどだよな」

「すまないが、頼む」

「うん。彼らは、水の女神と相性いいみたいだから、大変じゃないし。そういう意味で、火竜も癒やせるのか気になるな……水と火って、相性悪そう……」

「そう言われてみると……水瓶の指示を終えたら報告のために一度戻ってくるだろうから、そのときに試してみるか？」

「そうだね。水竜たちほどじゃなくても、疲れているのは間違いないだろうし」

空を飛べて力も強い火竜は、太陽の暴走による災害への対処をしている。

一番大変なのは、太陽フレアの衝撃波によって小惑星帯から飛んできた隕石である。高熱をまとった炎のかけらは、小さくても地上に甚大な被害をもたらす。

大きさによっては、村が一つ壊滅なんていうこともあったそうだ。

マッサージをしている間、おとなしく椅子に座っていたアラムを抱き上げて竜王の居住階へと戻ると、すぐにエルマーがお茶と焼き菓子を持ってきてくれる。

「あー、旨い。ナッツぎっしりのクッキーなんて、何年ぶりかで食ったなー」

良質で美しい筋肉のために、食べ物の管理はきっちりしていた。食べたいものを食べるのではなく、筋肉への栄養を摂り込むといった考え方である。

だから菓子の類いは数える程度しか口にしていなかったのだが、この体になってしまった以上、気にする必要はない。

元の世界に戻ればまた節制の日々が始まるので、今は食べたいものを食べたいだけ食べていいと自分に甘くしていた。

「竜真は甘いものが好きか?」

「好きだよ。これ、甘さ控えめで美味しい」

「では、食事のあとにも甘いものを出させよう」

「ありがとう」

食糧に困っているこの世界で、竜王の食卓は贅沢な部類なのだろう。

しかし、滅びそうになっているこの世界をなんとか維持しているのは竜族だ。竜族が力尽きたとき、きっとこの世界も滅びることになる。

人間たちも、世界の危機にあって竜族がどれほど助けてくれているか分かっていた。

「アラムも甘いもの、好きだよね。美味しい？」

「キュッ！」

小さな両手でクッキーを持って、一生懸命齧りついている。

レノックスもエルマーも頬を緩め、嬉しそうに言った。

「アラムがオヤツを食べるとはな」

「竜真様がいらしてくださってから、食べる量が格段に増えています。以前は、オヤツどころではありませんでしたから」

体力がなく弱々しい体は食事もろくに摂れず、そのせいでなかなか成長できなかった。

けれど水の女神の御使いである竜真にくっついていると調子が良いらしく、よく食べるし起きている時間も長いという。そして起きている時間が長いからちゃんとお腹も空くという好循環ができていた。

しかしもう一個という訴えには、全員で笑って「夕食が食べられなくなるぞ」と窘《たしな》めることになった。

夕食は広いダイニングルームを使って、残っている水竜や氷竜と摂ることになった。

彼らはマッサージのおかげで体調がいいと口々に言い、竜真に礼を言う。

「食事が終わってお風呂に入ったら、もう一回マッサージするよ。みんな、疲れてるからなぁ」

「ありがとうございます」

「助かります」

「水竜は、水瓶ができるまでがんばって。氷竜も、少しは楽になると思うから」

「はい」

「がんばります」

彼らは素直で純粋なところがあり、好意を持つのは簡単だ。

しかし、なりたい理想の美マッチョたちに、キラキラとした崇敬《すうけい》の目で見られるのは、なんとも複雑な気分だった。

★
★
★

翌日、朝食のあとにもマッサージをして、水竜や氷竜たちを順次送り出す。

それから竜へと姿を変えたレノックスの背に乗って、領地を見て回ることにした。他の土地に先駆けて、レノックスの領地を雨乞いして回ろうというのである。

竜真から離れようとしないアラムは、エルマーが用意した袋に入れて、竜真が肩から下げて運ぶことになった。

「おおっ、すごい！　オレ、竜に乗ってる～」

ここに来たときにも乗せてもらったが、あのときは動揺が激しいし夜だしで、よく見られなかった。

だが今は、いつか帰れるという希望があり、昼間でもあるので、落ち着いてまわりを見ることができる。

レノックスが水の膜で包んでくれているのが分かるから、落ちるかもしれないという不安もなく、ただただ楽しかった。

「城下町、結構大きいな。今度、遊びに行きたい」

『いいぞ。賑やかで買い物もできるから、楽しめるだろう』

「やったー」

いつか帰れる以上、竜真は異郷の地に出向しているようなものだ。務めはがんばってこなすつもりだが、せっかくだから異世界を楽しみたかった。

会話をしながら竜真はずっとキョロキョロ見回している。アラムも、袋の中から顔だけ出して竜真と一緒にキョロキョロしていた。

『……このあたりには、水の匂《にお》いがしない。昨日の竜真の雨乞いの範囲は、この手前くらいまで有効ということか……』

「わりと広いな。レノックスの領地、何回雨乞いすれば大丈夫そう？」

『七回か八回というところだろう。何度か雨を降らせれば、自然と降りやすくなると言っていたな』

「ああ、土に水の女神の力が染み込むからね。その濃度が濃くなると、雨を呼びやすくなるとか。だから、やりすぎ注意みたいだ。下手すると、水害になるんだって」

『なるほど……そのあたりの加減は分かるものなのか？』

「なんとなくね。肌で感じるから、大丈夫」

広大な竜王の領地にはたくさんの村があり、畑や牧場、果樹園などがある。山や森も見えるが、一様に元気がなく葉が萎《しお》れていた。

枯れかけている木々も多く見られ、風が吹くと細かな砂が舞う。

「……ひどい状態だな」

『ああ。水竜たちが水を供給して回っているが、枯れないようにするのがやっとというところだ。現在、水竜は八人。この世界を回るには少なすぎる』

「ヘロヘロだったもんなぁ。かわいそうに」

竜王の領地はこうしてレノックスが定期的に回っているし、水竜たちも頻繁《ひんぱん》に水を補給しているから、これでも他の土地よりは状態がいいのだという。

レノックスは竜真の雨乞いの有効範囲を考えながら、大きな村の真ん中に降りた。

竜真とアラムを降ろし、人型へと姿を変える。

「竜王様、よくぞお越しくださいました。感謝いたします」

慌てて駆けつけてきた白髪の老人に、レノックスは竜真を紹介する。

「今日は井戸に水を補充しに来ただけではない。水の女神の御使いが、雨乞いをしに来てくださった」

「み、御使い様……？　雨乞いは、力があるという呪術師が何人もしましたが、効果はありませんでした」

村長と思われる老人も、集まってきた村人たちも、みんなやつれている。表情には長く続く日照りと水不足に、諦めが浮かんでいた。

「竜真にはできる。竜真、いいか？」

「はいよ」

絶望に覆われた世界には、分かりやすい希望が必要だ。それには、水の女神の御使いという存在が適役だった。

だから竜真は、村人たちの前でパフォーマンスをする。

竜王の来訪を聞きつけて集まってきた村人たちの視線を意識しながら、天に向かって両手を伸ばした。

昨日の雨乞いで、少しやり方が分かった気がする。

目を瞑り、両の手のひらから水の気を放射するイメージ。水の女神の世界の程よい湿度を思い出しつつ、気を放ち続けた。

額の宝石で水の女神と繋がっているから、水は使い放題だ。どんなに大量の水気を放っても尽きることはなく、雨雲となって空を覆い始める。

「おおっ！　雲が……」

「雨雲だ……ああ、なんという……」

「――ハッ！　みな、器を用意しろ！　ありったけの器を外に出し、雨を溜めるのだ‼」

「は、はい！」

「戻らなきゃ！」

村長の指示のもと、村人たちは血相を変えて自分の家に駆けていく。

「んー……そろそろいいかな。やりすぎると、大雨になっちゃうから」

いい感じに雨雲もできたことだしと手を下げて、様子を見る。

すると、ポツリポツリと雨が降りだし、ワッと歓声に包まれた。

「雨だ！」

「雨が降ってきたぞーっ！」

「御使い様のおかげだ。ありがとうございます」

「御使い様、ありがとうございます」

雨は村人たちをびしょ濡れにするが、竜真とレノックスたちを濡らすことはない。

竜真は水の女神に守られているし、竜族の不思議な力は、雨を弾くこともできるようだ。そしてそのことが余計に、竜真の神秘性を増すことになったらしい。

顔を伏せ、蹲踞《そんきょ》して感謝をする彼らに、竜真は慌てる。

「ちょっ……そういうの、いいんで！　立って。立ってください～」

今は水の女神の御使いなんていうご大層な立場でも、気持ちはごく普通の日本人のままである。多くの人々に崇《あが》め奉《たてまつ》られるのに慣れていない。困惑するのみだ。

竜真がアワアワしていると、レノックスが笑いながら言う。

「竜真が困っているぞ。竜真は御使いだが、大仰なのは好きではないようだ。立って、普通に礼を言えばいい」

「は、はい……あの、本当にありがとうございます。これで我々も、なんとか生き長らえることができそうです」

（礼の言葉が重い……）

「ええっとですね。オレの降らせる雨は植物にいいので、枯れたように見える植物も息を吹き返すと思います。あと、井戸の水を涸れないようにするから、じゃんじゃん使っていいですよ」

「か、涸れないように？　しかし、地下の水脈はもう限界が……」

「そこは、水の女神のお力で〜ってやつ。井戸に案内してもらえますか？」

「は、はい。こちらです」

村の中心に近い場所に井戸はあった。深く穴を掘り、人が落ちないように高く積まれた石でグルリと囲まれたものである。

「……これも、器の一種って考えていいよな？　うん、たぶん、大丈夫。レノックス、小刀とか持ってない？　あと、こう、糊《のり》とか粘土的な、固められるもの」

「ああ、髪を埋めるのか」

「そう。地下の水脈も、元気になると思うんだよね」

「いい手だ」

レノックスは頷き、村長に指示をする。そしてすぐさま二人の男が走っていったかと思えば、一人が何種類もの鑿《のみ》や小刀を、もう一人がドロドロの土を持って戻ってきた。

「それじゃあ、井戸の石を削ってもらえるかな？　髪を入れるだけだから、少しでいいんだけど、取れないように深く掘ってほしい」

「かしこまりました」

鑿と木槌《きづち》を使って、男が緊張しながらコンコンと石を掘ってくれる。

「レノックス、この村って、水瓶作れる？　作れるなら、髪切っていいよ」

「ああ、作れる。……では、少しだけいただこう」

長くても短くても、効果に差はない。水の女神の力がこもった竜真の髪が、ほんの少しでも入れ物に入っていれば水は尽きることなく満たされ続けるのである。

レノックスは竜真の髪を指で摘まみ、最新の注意を払って小刀で切る。そしてそれを村長に渡し、御使いの髪の効能を告げ、これを入れて水瓶を作るよう言った。

雨に打たれていてさえ、村長が滂沱《ぼうだ》の涙を流しているのが分かる。

盛大に感謝されすぎてどうにも居心地が悪かったが、足元ではアラムがご機嫌でクルクル回っているので、それを見て気を紛らせた。

「アラム、なんで踊ってんの？」

「キュキュキュキューッ」

「竜真の雨には水の女神の気が入っているから、水竜には気持ちが良く感じるんだ」

「なるほど。だからご機嫌なんだ」

「この雨は、土や植物にだけでなく、水竜にもいい。本能で、少しでも多く浴びようとしているんだろう」

「へー。水の女神、すごいな」

「それを行使しているのは竜真だぞ」

笑いながら言われて、それもそうかと頷く。しかし竜真にとっては借り物の力にすぎないので、感謝は水の女神に捧げてくれと言う。

「オレと同じ髪の、すごい美人だよ。神様だから、感謝も普通に受け入れると思うし」

この世界には注目しているはずなので、きっと彼らの感謝の気持ちも伝わる。水の女神がご機嫌でいてくれれば、竜真へのとばっちりもない気がした。

(神話とかじゃ、神様って基本傲慢《ごうまん》だからなぁ。ご機嫌でいてくれないと困る)

竜真がこうして御使いとしての務めを果たせば、自然と人々の感謝が水の女神に向けられるはずだ。

(……ん？　そうすると、そのうち水の女神の神社とか神殿とかができたりして？　他の世界の女神なのに、こっちで祀《まつ》られたりするのか？)

もともと神様なんてはっきりと姿を見られるような存在ではないし、御使いなんていう分かりやすく雨乞いをできる人間がいればすんなりと受け入れられそうである。

その証拠に村人たちは感謝でいっぱいだし、レノックスをはじめとする竜族たちでさえ疑うことはしなかった。

(素朴な人たちだよな。オレたちの世界と違って、戦争とかもないみたいだし……あ、上に竜族がいるからか)

人間が束になってかかっても、竜族には敵《かな》わない。矢を弾く硬いウロコを持ち、火や水を吐く竜族は一人でも村や町を破壊できる。

加えて仲間意識が強いため、策《さく》を弄《ろう》して一人倒せたとしても、そのあとの報復が恐ろしい。

結果、人間は竜族に頭を抑えられた形で、下手《へた》な野心を表に出すことなく平和に生きていた。

(竜族は暴君じゃないみたいだから、人間が頂点の世界よりいいのかも)

竜族が滅びたら、この世界も地球のようになるのかもしれない。

(まぁ、太陽のせいで、世界丸ごと滅びそうなんだけど……水の女神、どうやって太陽を抑えるつもりなのかな?)

教えてくれなかったが、策があるようなことを言っていた。

竜真はとにかく、御使いとしての務めを一生懸命果たすだけでいいらしい。

「……うん、がんばろう。レノックス、次の場所に行かないか？　今日中に行けるところまで行きたい」

「分かった」

レノックスは頷くや竜の姿に変わったので、竜真もアラムをヒョイと掬《すく》い上げて袋の中に入れる。

「また、近いうちに来ます。あと一度か二度雨を降らせれば、水の女神の気が自然と雨を降らせるようになると思うので」

「あ……ありがとうございます。ありがとうございます」

「御使い様と水の女神様に、心からの感謝を捧げます」

再び膝をついて蹲踞の姿勢を取る彼らに居心地の悪さを感じ、竜真はそそくさとレノックスの背に乗る。

フワリと飛び立ち、見る見るうちに上昇すると、ホッと安堵の吐息を漏らした。

『彼らの感謝が重いか？』

「ちょっとね。……いや、だいぶ？　オレ、御使いになりたてのホヤホヤだから」

『慣れないとな。竜真のすることは、まさしく奇跡だ。本格的な飢餓《きが》を前に手を差し伸べてくれた救い主に、感謝を捧げないわけがない』

「ああ、うん、そうだろうね。頭では分かってるんだけど、実際にそれが自分に向けられるとなぁ……」

竜真としてはあくまでも借り物の力であり、一時的な仮初《かりそ》めの御使いだと思っているから、居心地が悪いのだ。

『にっこり笑っておけばいい。竜真は可愛らしいからな』

「……」

それは褒め言葉じゃないとレノックスの背中をバシバシ叩くが、硬いウロコのせいで痛いのは竜真の手だけである。レノックスに笑いながら『手を痛めるぞ』などと言われ、ますますイラッとしてしまった。

それでも次の村で同じことをしたときの盛大な感謝には、レノックスの提言に従ってにっこりと笑う。水の女神の御使いとして、感じ良く振る舞うのも務めのうちだろうと割りきったのだ。

おかげで盛り上がって大変だったので、他も回るからと言ってさっさと切り上げる。ただ上空を飛ぶだけならレノックスの領地を一日で回れるそうだが、さすがに御使いとしてのパフォーマンスをしながらではそうはいかない。

暗くなる前に城に戻りたいということもあって、三日に分けて回ることになった。

竜王の居間に戻ると、竜真は袋からアラムを出して長椅子に寝そべる。

体を投げ出し、ハーッと大きく溜め息を漏らすと、アラムが腹の上に乗ってきた。

「キュッ？」

キラキラと光る水色の瞳で見つめられ、大丈夫かと心配されている気がする。

竜真はいい子いい子とアラムの頭を撫で、大丈夫だよ～と言った。

「水の女神と繋がっているから、いくら力を使っても疲れないんだ。アラムも元気そうだね」

「キュッ」

一日中竜真にくっついて、食べて寝るということを繰り返しているアラムは、少し大きくなったような気がする。

「……うん？　ちょっと重くなった？　本当に大きくなってるみたいだね」

竜真が首を傾げて呟くと、お茶と菓子を運んできたエルマーが頷く。

「一回りくらい、大きくなっていると思います。アラム様は水竜なので、竜真様がお力を振う際、一生懸命気を吸っていますしね」

「それに、食欲も旺盛《おうせい》になった」

アラムはエルマーが持ってきた焼き菓子に目を輝かせ、小さな翼を動かして竜真の腕からテーブルへと移る。

ちょうだいちょうだいと手を伸ばし、エルマーにもらって大喜びだ。

「アラム様が、お菓子をねだる日が来るなんて……」

「感無量だな」

アラムの弱々しさをずっと心配してきたレノックスとエルマーは、美味しそうに焼き菓子に齧りつく姿が嬉しくて仕方ないらしい。

「オレも食べようっと。甘いもの、欲しい……」

精神的な疲労の癒やしを焼き菓子に求め、竜真も起き上がって食べる。

「あー、旨い」

「大活躍でしたからね。食事の前に湯浴みをなさいますか？」

そう聞かれて、竜真はコクリと頷く。訪れたところはどこも乾いていたので、細かな砂塵《さじん》が全身にくっついている気がした。

「うん。サッパリしたい」

「かしこまりました」

「あ、オレが水を入れようか？」

「大丈夫です。竜真様はそのまま、ゆっくりなさってください」

「はーい。お願いします」

竜真は長椅子に寝そべったままアラムをいじくり回し、夜ご飯はなんだろうね〜と話しかける。

ビクビクものだった異世界の食事だが、今のところ竜真の口に合っている。

基本的に塩、コショウといった素朴な味付けなので、あまり好み云々《うんぬん》とは関係ないのだ。素朴すぎて、そのうちに飽きそうだというのが目下の不安という、平和なものだった。

★　★　★

三日かけて竜王の領地で雨乞いをして回った竜真は、しばらくのんびりとした生活を送ることになる。

幸いこちらの文字を読むことができたので本を読んだり、目立つ髪を帽子で隠して城下町に遊びに出かけたり。

竜王の威光が行き渡り、竜族が頻繁に姿を見せる城下町は、この世界で最も治安がいいという。

定期的に竜族たちが犯罪者狩りをするため、もはや小悪党程度しか残っていないとか。

それでも竜真はレノックスとエルマーに左右を固められ、ワクワクしているアラムも袋の中から顔を出して町を見て回った。

「あっ、ドーナツっぽいの、発見！　レノックス、買って」

「分かった。アラムも食べるか？」

「キュキュッ！」

紙に包まれたアツアツのそれをもらって、二人ではしゃぎながら食べる。

「美味しいね～」

「キュ～ッ」

　体が弱く、ベッドの中にばかりいたアラムは、城の外に出たことがなかったという。だから竜真と一緒に雨乞いをして回ったときも興味津々だったし、今も楽しそうにキョロキョロしていた。

　竜族の存在に慣れている城下町の人々も、さすがに仔竜を見れば驚いた顔をする。それでも余計なことを言わず、ソッと頭を下げるだけだった。

「やっぱり、他の村とは全然活気が違うな」

「領地には私が水を足して回っているが、城下町はその回数も頻繁になる。他の土地より遥かにいい状況なんだ」

「竜王自ら動かなきゃいけないほどの事態か……」

「世界は広く、水竜の数は少ない。私が動くのは当然のことだ」

「水竜も氷竜も、ヘロヘロだったもんな。水瓶さえできれば、もう水を足して回る必要がなくなるから、あと少しの辛抱なんだけど」

「悪くなる一方の状況にみなの気力も尽きかけていたが、竜真が来てくれたことで息を吹き返した。感謝する」

「ああ、うん、それは水の女神にどうぞ」

「だが、実際に遣わされたのは竜真だ。だから竜真にも感謝する」

「強制だけど、オレもがんばるよ」

「よろしく頼む」

「任せろ。水瓶ができたら忙しくなるから、それまでのんびりさせてもらうな。異世界観光、楽しいし」

広場には店や屋台だけでなく芝居小屋がいくつもあって、こんな状況だというのに賑わっている。

「日照り続きだっていうのに、余裕があるんだなー」

「城下町の人間は、芝居が好きなんだ。他より安全で仕事が多いというのもあるが、芝居を見るのが目当てで移住してきた者も多い」

「へー」

「あの劇場は、伝説の花嫁のために造られた。三人目の伝説の花嫁は、旅の一座出身だったんだ」

「ああ、あの可愛い子……役者だったのか」

「いや、違う。あいにくと演技のほうはダメだったとかで、裏方仕事だったらしい」

「えっ。せっかく可愛いのに、もったいない。それにしても、旅の一座から竜王の花嫁って、すごい玉《たま》の輿《こし》だな」

花嫁への贈り物が劇場だというのだから、スケールが大きい。しかも造られてから何百年も経っているはずだが、歴史を感じさせつつも美しさを保っていた。

「オレも、芝居が見たいなー」

「それでは、席を用意させよう」

「やった。楽しみ」

「キュキュッ」

「もちろん、アラムも一緒だよ。芝居って、夜？」

「ああ。今夜というわけにはいかないが、近日中に見に行けるようにする」

竜王と御使いを受け入れるとなると、劇場側の都合もあって時間がかかるものらしい。

結局、芝居を見に行けるのは二日後となった。

演目の説明が書かれた紙をもらって、アラムに見せながら楽しみだね〜と言う。

三歳になるまでろくに成長できなかったアラムは、今、その遅れを取り戻すように毎日大きくなっている。

竜真と一緒にあちこち歩き回り、一緒に風呂に入り、眠る――気がつけば倍くらいの大きさになり、体重も増えていた。

そして――……。

「ア、アラム、人型になってるけど⁉」

椅子に座って焼き菓子を食べていた仔竜の、もう一個……と伸ばした手が人間のものになっている。

おそらく仔竜のままでは手が届かないから、本能で人間のほうがいいと思ったのだろう。

水竜ならではの水色の髪をした男の子はとても可愛らしく、嬉しそうに二個目の焼き菓子を頬張っていた。

レノックスもエルマーも、固まったままアラムを見つめている。

「そろそろかもしれないとは思っていたが……ホッとした」

「人型になれて、安心しました。竜真様がいらしてからのアラム様の成長ぶりは目覚ましかったですからね」

「りょーま」

竜真はアラムに手を伸ばして膝の上に抱き上げ、よかったねと頭を撫でる。

「お？　お喋りできるんだ」

「もいっこ、いい？」

「いや、それはさすがにやめておいほうがいいと思う。夜ご飯、食べられなくなっちゃうよ」

「むーう。ごはん、なーに？」

それに答えられるのは、エルマーだけである。

三人に見つめられ、エルマーは笑って言う。

「アラム様の大好きな、トカゲのシチューですよ。たくさん食べたいでしょう？」

「んっ」

　アラムはコクコクと頷いて三個目を諦めたようだが、竜真は聞き捨てならない単語に反応してしまった。

「ト、トカゲのシチュー？　トカゲを食うのか？」

「はい、もちろん。竜真様も美味しいと言って、食べておられましたが……。昨日の、薄く切ってパンに挟んであったのはトカゲの肉ですよ」

「あれ、トリ肉だと思ってた……トカゲだったのか。普通に旨かったけど……」

「毎日暑いですし、日照り続きで乾燥しておりますので、ニワトリよりトカゲのほうが養殖しやすいのです。味は似たようなものですしね」

「確かに。言われなきゃ、気がつかなかった。……とりあえずオレは、トリ肉だと思うことにする。ついでに、原形は見せないでほしい」

「かしこまりました。竜真様の世界では、トカゲは食用ではないのですね」

「いや、食べる人たちもいるよ。オレの住んでいた地域では、食べてないっていうだけ。そもそも食用にできるほどの大きさのトカゲは、生息してないんじゃないかな。オレの住んでたところのトカゲって、こんなもんだから」

　指で大体これくらいと見せてみると、レノックスとエルマーは驚いた顔をする。

「なるほど。それでは確かに食用にするほどの肉は採れないな」

「こちらの食用トカゲは、今のアラム様よりずっと大きいですからね。その小ささでは、丸焼きしかできません」

「丸焼きの料理はあるけど、固くて美味しくないって聞いたことがあるな。そんなの食べなくても、他のお肉があるからね」

「竜真様の世界は、とても豊かだったのですね」

「豊かなところと、貧しいところがあるよ。オレが生まれたのが、たまたま豊かだっただけで、全体的に見ると貧しいところのほうが多いかな」

「そうですか」

竜王が治めるこの世界は、文明についてはずっと遅れている。だがその代わり、民族間の争いや戦争、テロがない。竜真の世界では、文明が進んだがゆえの弊害もたくさんあった。

竜真の世界はよくない面も多かったので、竜真は当たり障りのない部分しか話さないようにしていた。

「にーちゃ」

アラムの可愛らしい声がレノックスを呼び、手がレノックスへと伸ばされる。

レノックスは立ち上がり、アラムを抱きしめた。

「人型では、初めましてだな、アラム」

「はじめまちて？」

「ああ。お前が人型になれて、とても嬉しいよ。お喋りも上手なようだし」

裸のアラムのために、エルマーが慌てて子供用の服を持ってきた。

「はい、これを着ましょうね」

「あい」

アラムを椅子の上に下ろし、レノックスとエルマーの二人がかりでアラムに服を着せていく。

エルマーは手慣れたものだが、レノックスのほうはぎこちなかった。

「おー、アラム、可愛い。こっちの子供服、ヒラヒラしてて可愛いな。それにしても不思議なのは、竜のときより人型のほうが大きいことだ。大人の竜は、人型のときの何倍も大きいっていうのに」

「昔に比べて、小さく生まれるようになったからな。生まれたての竜は、こんなものだぞ」

そう言いながらレノックスが親指と人差し指で見せてくれたのは、十センチ足らずというところだ。

「ううーっ。めちゃくちゃ見たい。手のひらに乗っちゃうサイズの竜なんて、可愛いに決まってる」

「可愛いぞ。そんなに小さいのに、ちゃんと爪が生え揃っているんだ」

「いいなぁ、オレも見たい。ここにいるうちに、見られるかな?」

「………」

「……」

二人からは、沈黙しか返ってこない。

竜族のメスは絶え、竜族の子供を産める竜の爪痕の痣を持つ人間も長く生まれていない。竜真が生まれたての仔竜を見られる可能性は限りなくゼロに近かった。

「……水の女神の御使いが来てくれたことで、何かが変わるかもしれない。いずれまた、爪痕の痣を持つ人間が生まれることもあるだろう」

「そうですね。状況は良くなると信じましょう」

自分に言い聞かせるようにしているレノックスたちに、竜真はグッと拳を握って見せる。

「オレ、がんばるから。すっごい、がんばるから」

「ぜひ、お願いする。ありがとう」

「どう致しまして。アラムも一緒にがんばろうな～。オレの癒やし！」

「がんばるー」

「ああ、人型のアラムも可愛いっ」

素晴らしく容姿のいい子供だし、プニプニの頬ややわらかく小さな体は抱きしめると気持ちがいい。

竜真は仔竜だったときと同じようにアラムを抱えて一緒に風呂に入り、夕食を摂り、寝室へと引き揚げる。

「あー、三人で一緒に寝たいってことか。別に、オレはいいよ。あのベッド、デカいから。レノックスは？」

「ちがうの〜。にーちゃとりょーまとあらむ」

「今日はレノックスと寝たいのか？」

「にーちゃもいっちょにねゆ」

「うん？　何が？」

「にーちゃも！」

「私も構わないが……」

「じゃあ、決まり。どっちで寝る？」

「アラムが馴染んでいるほうがいいだろう」

そんなわけで、花嫁の間の大きなベッドで、川の字で寝ることになる。

「ちちゅー、おいちかったねー。おっきなおにくたべたの、はじめてー。あらむ、いつも、ちいさいおにくだけなんだよー」

竜真とレノックスに挟まれたアラムはご機嫌でお喋りをしていたが、さすがに今日は疲れたと見えてすぐにスヤスヤと寝息を立て始めた。

「もう寝ちゃったよ」

「初めて人型になれて、はしゃいでいたからな。ここまで、本当に長かった。もしや人型になることなく命が尽きるかもしれないと心配していたが……わずかな期間に見違えるほど強く、健康になった。アラムはもう大丈夫だ」

「水竜だから、水の女神の力と相性がいいんだろうな。女神も、アラムの呼びかけに応えて動いたくらいだし。……あとの二つの心配事は？　太陽の暴走と、竜族の未来？」

「そうだ。太陽のほうは竜真が来て少し治まったようだが、それでもときおりフレアを起こしているのが見える」

「うーん。女神は策があるって言ってたから、なんとかなるんじゃないか？　オレたちが考えても、どうしようもないし」

「確かにな」

水の女神がそう言うのなら大丈夫なのだろうと思い、竜真もレノックスも自分にできることをするだけだ。

レノックスにとって今の時点で一番問題なのは、竜族の未来かもしれない。次代を担う子を産める人間が存在しないのは、大問題だった。

こればかりは女神の力も及ぶと思えないし、誰かが何かできる類いのものではない。それゆえ竜王であるレノックスの心配と重圧がなくなることはなかった。

額を押さえるレノックスに、竜真は首を傾げる。

「また頭痛？」

真面目なレノックスは思い悩むことが多く、ときおりこうして頭を押さえている。

「ああ……少しな」

「小難しいこと考えるから。レノックスは、竜王としてがんばってるよ。自分の力が及ばないことをクヨクヨ悩むのはよくないぞ」

そう言いながらレノックスの額に手を伸ばし、手のひらを当てて大丈夫という。

「オレも一緒にがんばるよ。レノックスは一人じゃない」

「ありがとう……」

「レノックスのそういう真面目なところ好きだけど……思い詰めると頭が痛くなっちゃうからな。……ほら、大丈夫、大丈夫。痛くない、痛くない」

触れた部分と呪文のような言葉に気持ちを込めて、レノックスの痛みが消えろと呟く。

「……ああ、痛みがなくなってきた」

「そう？　よかった。じゃあ、難しいことを考えず、もう寝よう。オレも眠くなってきた」

ギュッと手を握られ、もう一度ありがとうと礼を言われる。照れながらどう致しましてと返し、横になった。

「そうだな」

目を瞑って体から力を抜けば、やがて睡魔がやってくる。

額の宝石で女神と繋がっている竜真は、毎晩のように夢で女神を呼び出していた。

勝手に御使いにして大変な仕事を押しつけたのだから、竜真の疑問に答えたり、相談に乗ったりするのは当然だと思っていた。

何しろ、大事な筋肉を奪われた恨《うら》みは大きい。丸投げは許さない、面倒くさがれっという意趣返しの意味があった。

夢の中で女神と相対した竜真は、竜族の未来について聞いてみる。

「竜族は、わらわの力の範疇《はんちゅう》外じゃ。ただ、あの世界に深く愛されている存在らしいから、なんとかなるとは思うぞ」

「なんだよー、それ。適当だなぁ」

「あの世界の異変はすべて、太陽が暴走していることにある。だから太陽を落ち着かせられれば、元に戻るはずだ」

「って、竜族の子供を産める、爪痕の痣を持つ人間が生まれるっていうこと？」

「おそらくな」

「じゃあ、太陽の暴走って、どうやって止めんの？　オレが来て、少し太陽の力が弱まった気がするとは言われたけどさ。弱まっただけで、暴走が止まったわけじゃないんだよな？」

「まぁ、そうじゃ」

「やっぱり。オレのすることって、どうも根本治療じゃなく、応急処置っぽいって思ってたんだ。そりゃあ、たくさん水瓶を作って、雨乞いをして回れば飢え死にしなくてすむだろうけど、太陽の暴走がなくなったわけじゃないもんな」

「賢いのう。さすが、わらわが選んだだけある」

「嬉しくない……」

「誇っていいのだぞ。それに、太陽の暴走を止める策は、一つ考えてある」

「えっ、そうなのか⁉　どんな策？　オレ、何すればいい？」

「言えば、ダメになるかもしれない策だ。そなたが御使いとして務めを果たしていれば、いずれ結実する日が来るかもしれない」

「えー……曖昧《あいまい》。はっきりこうだって言ってくれれば、がんばってやるのに」

「それではダメな場合もあるのだよ。とりあえず策はあると、あの真面目な竜王に教えておやり。ではな」

これで話は終わりだと放り出され、目が覚める。

「……朝か。寝た気はしないけど、体は軽いし、まぁいいか」

今の竜真は女神の眷属《けんぞく》のようなものだから、女神の世界に行くだけで英気をもらえるらしい。

とにかく朗報を伝えようと、レノックスを揺り起こす。

「レノックス、起きろ～。朝だぞ～」

「……ああ、もう朝か。ずいぶんと深く眠った気がする」

「それはよかったな。……じゃなくて！　夢の中で女神に聞いたんだけど、太陽の暴走が止まれば、また爪痕の痣を持つ人間が生まれるって言ってたぞ」

レノックスはハッと息を呑み、目を瞠る。

信じられないといった表情が、少しずつ喜びへと変わっていき、長く重い溜め息を漏らした。

「女神がそうおっしゃってくださったか……」

「言った～。具体的な方法は教えてくれなかったけど、オレが御使いとしてがんばればなんとかなるらしい。オレ、がんばるからな」

「ああ、頼む。竜真……ありがとう……」

感極まった様子のレノックスにギュッと抱きしめられ、竜真はポンポンと優しくレノックスの背中を叩く。

竜王とはいえ、これだけの重圧を一人で背負うのはつらかっただろうなという労《いたわ》りも込めた。

「竜真は私にとって、かけがえのない存在だ。初めて誰かを頼りにし、甘えることができた……」

「レノックス、責任感、強いから。女神でさえ、真面目っていうくらいだからなぁ」

「女神が？」

「女神を呼び寄せたのはアラムだけど、お前たち兄弟のこと気に入ってるみたいだ。間違いなく顔だな。容姿が自分の好みだから、絶滅するのはもったいないとか思ってそうだ……」

文句を言ってやりたいところだが、下手なことを言うと額飾りが締まって痛い目に遭うのは経験ずみだ。面食いめ……と呟くだけにとどめた。

　そこで仔竜の姿で眠っていたアラムが目を覚まし、抱き合っている二人にキュッと小さく鳴いて首を傾げる。

　そして仲間に入ろうとでも思ったのか、グイグイと二人の間に入ってきた。

「おはよう、アラム」

「キュッ！」

「お腹空いた？」

「キュ〜ッ」

　竜真の問いに応えてお腹を押さえて見せるアラムに、二人は笑う。

「身支度をして、食事にしよう」

「了解〜。アラムも人型になるんだよ。そのほうがご飯を食べやすいからね」

　言い終わるや、アラムが易々と人型を取ってみせる。竜真は感心するのみだ。

「一度人型になれると、あとは簡単みたいだな。でも、やっぱり服は着てないんだ〜。アラムの服ってどこだろ？」

　毛布の中に脱ぎ捨てたのかと探し始めたところで、エルマーがやってくる。

「おはようございます。竜真様、アラム様をこちらに」

「ああ、うん、よろしく。アラムの着替え、どこ？」

「アラム様のお部屋にございます」

「アラムの部屋か……そりゃ、そうだよな。ずっと一緒だから、忘れてた」

「お手数をおかけいたしまして、申し訳ございません」

「可愛いから、いいよ。オレも、知らない世界で一人で寝るのは寂しいし」

小さくて庇護欲をそそる存在は、気持ちを安定させてくれる。キラキラとした水色の瞳で見つめられ、頼られると、自分の不安や心細さを忘れられた。

アラムは竜真にくっついていることで水の女神の恩恵を受けていたが、竜真もまたアラムに慰められていたのである。

竜真はエルマーにアラムを渡すと、顔を洗って寝間着を着替える。

その日着るべき服はいつもきちんとハンガーにかけられていて、どれも普段着とは思えないほど美しい刺繍で飾られている。

どうやらエルマーが手ずから選んでいるらしく、身支度をすませて居間に行くと、うっとりと見つめられてしまった。

竜真が嫌がるのを知っているから賛辞は控えているが、目や表情が美しいと叫んでいる。

その内容が自分の求めるものではないと分かっている竜真には、げんなりする賛美だった。

複雑な表情を浮かべる竜真の手をレノックスが笑って取り、テラスへと誘導する。

「朝食にしよう。竜真も腹が減ったろう」

「まぁね」

「今朝は、竜真が教えてくれたフワフワのオムレツだそうだ」

「やったー」

竜真は自分が食べたいものの作り方を料理長に教え、作ってもらっている。卵を泡立ててから焼くフワフワのオムレツもそのうちの一つだった。

竜真はアラムの隣に座り、干した果実が入っているパンを取る。アラムにも一つ渡し、オムレツが来るまでの繋ぎにと食べ始めた。

「おいちー」

「美味しいねー」

ご機嫌で食べていると、竜真が教えたオムレツが運ばれてくる。

いつも食べているオムレツの何倍もあるように見えるそれに、アラムは「わぁ」と嬉しそうな声をあげた。

「これはスプーンのほうが食べやすいよ」

「んっ」

アラムは子供用のスプーンを掴んでオムレツを掬い、口に入れる。

「んん～っ♥」

いかにも美味しそうな顔をするアラムに大人たちはクスクスと笑い、オムレツを食べ始めた。

「……うん、これは確かに旨い。口の中でとろけるようだ」

「面白い食感だろ？　たまに食べたくなるんだよな、これ。昨日のシチューと合わせると、最高だ」

「本当にな」

微笑《ほほえ》むレノックスの顔は、昨日までと違っている。どんなときでも常にレノックスから消えなかった重いものが、今は消えてなくなったようだった。

まとう気配が明るくなり、表情にも安寧《あんねい》が見える。

竜王としての心配事――自分の代で竜族が絶滅しそうだという懸念に希望があると言われたのがよかったらしい。

レノックスが生まれる前から見守っていたというエルマーもそれに気がついているのか、いつも以上にニコニコしている。

パクパクとオムレツを口に運ぶアラムだが、付け合わせの野菜は無視だ。

竜真はニンジンをフォークで刺してアラムの口に持っていく。

「野菜もちゃんと食べなきゃダメだよ」

「はぁい……」

力なく返事をしてニンジンを呑み込んだアラムだが、やはりオムレツばかり食べようとする。

「こらこら、野菜も食べる」

「むぅー」

竜真は不満そうな顔をするアラムを膝の上に抱っこして、オムレツだけでなく野菜もせっせと口に運んだ。

するとレノックスが竜真の世話を始め、結局今までどおりの食事風景となった。

「あー、美味しかった。お腹いっぱいだ」

「いっぱーい」

日々、食べる量が増えて体も大きくなっているアラムの皿は、今や竜真の三分の二といったところである。

竜真が昼食はほんの少ししか食べられないことを考えれば、一日の食事量はそう変わらないかもしれない。

食事が終わると居間に戻り、長椅子に座る竜真の隣にレノックスが移ってくる。

エルマーから食後のお茶を受け取り、膝の上のアラムの頭を撫でる。

「アラムは竜真が大好きだな」

「だいすき～。りょーまのおそば、きもちいーの」

「そうか。どれ……」

アラムの言葉を受けて、レノックスは竜真を抱きしめる。

「うわっ！　レ、レノックス？」

「本当だ。気持ちがいいな」

「きもちぃー」

アラムも竜真のほうを向いてピッタリとくっついてきたので、竜真は前から横から兄弟に抱きつかれることになる。

「ええっと……」

アラムはいつものことだからいいが、レノックスはちょっと困る。抱きしめるのではなく、抱きしめられるのは、どうにも居心地が悪かった。

どうしたものかと思いながらエルマーに助けを求める視線を送るものの、エルマーはニコニコと嬉しそうに笑うのみである。

「……レノックス、お茶を飲みたいから。ちょっと離れてほしいんだけど」

「ああ、私が飲ませよう」

そう言ってカップに手を伸ばし、竜真の口元に持ってくる。

「いや、自分で飲むよ」

なんで飲ませようとするのか謎である。

竜真はカップを受け取って口をつけ、やれやれと肩を竦《すく》める。

「………」

何やら横から視線を感じる。

レノックスにジッと見つめられているのが分かって、竜真は眉根を寄せた。

「何？」

「可愛いなと思って」

「はーっ？」

「長年の心配事がなんとかなるかもしれないと分かったからか、世界が明るく、輝いて見える。私にそれをもたらしてくれた竜真は、まさしく光り輝く存在だ」

「光り輝くって……」

レノックスの心配事のうちの一つであるアラムはもうすっかり大丈夫そうだし、残りの二つもなんとかなるかもしれないというのを伝えた。

竜真はあくまでも水の女神の代理でしかないが、女神を直接知らないレノックスが竜真に感謝を捧げるのは当然かもしれない。

世界が明るく輝いて見えるというのは素晴らしいし、その余波で竜真が可愛いというのも納得……はできなかった。

今のこの容姿ではそう言われても仕方ないと知っていても、受け入れられないのである。

「世界が輝くのはいいけど、オレは違うから。可愛くないから」

「そうだな。可愛いだけでなく、美しい。――なんて小さくて、やわらかな手だ」

カップを持っていないほうの手を取られ、両手で包まれる。手の甲を指でなぞられ、ゾクリとしたものが走った。

「な、な、何すんだ!?」

「この小さな手と体で、我々を救ってくれるんだな。感謝する」

「あ……ああ、そういう意味か……」

どうやら過剰な感謝らしいと分かってホッとする。そしてそれと同時に、美しいってなんだ、小さくてやわらかい手とか体とかってバカにしてるのかと、怒りが湧いた。

頭では、ちゃんと分かっている。

巨大なレノックスから見れば、竜真の手も体も小さく、やわらかいのだと。

だがそれを認めるかといったら話は別で、感謝するなら嫌がることを言うなと八つ当たりした。

「可愛い、綺麗、小さい、やわらかい、禁止‼」

どのワードも、竜真が求めている言葉の反対ばかりである。仕方ないと分かっていても、聞きたくはなかった。

「ムキになっている顔も可愛い」

「このおっ。自分が美マッチョだからって、調子に乗るなよ～。筋肉を取り上げられる悲しみを知らないくせに」

竜真は目を吊り上げて怒るが、レノックスには効かない。笑いながら持っていたカップを取り上げられてテーブルへと戻され、再び抱きしめられてしまった。

「可愛いな。なんて可愛いんだろう」

「……………」

希望の光が見えたレノックスは浮かれ、躁《そう》状態になっているようだ。竜真が怒っても、まったく通じない。

（……これはダメだ。何を言っても喜ばれるだけか……）

竜王としての責任感や重みは、想像しかできない。

弱々しく大きくなれない弟は、いつ死んでもおかしくない状態だった。そして太陽の暴走による危機と、竜族絶滅の可能性……それがなんとかなるかもしれないと分かれば、浮かれるのは当然かもしれない。

とにかく今のレノックスには何を言っても無駄らしいと理解して、竜真は溜め息を漏らしながら兄弟にギュウギュウと抱きしめられるしかなかった。

★
★
★

心が軽くなったらしいレノックスは、今までより遥かに気安く竜真に接するようになる。

肩を抱いたり、手を取ったり、抱きしめたりといったボディータッチが多くなったのである。それに可愛いと何度となく言われ、竜真は美しいとか、やわらかく嫋やかな手だとか、華奢でしなやかな体だなどと言われた。

それだけではない。何より竜真が戸惑ったのは、愛おしいだとか、好きだと言われるようになったことである。

（い、愛おしいって……どういう意味？　アラムも充分、愛おしいの範疇だよな。アラムと同じ？　じゃあ、好きもそういう感じなのかな？　ああ、うん、そうに決まってるか……）

そうでないと怖い。今は御使いなんていう大層な立場にいるが、本来の竜真はごく普通の人間で、いずれは元の世界に戻る存在なのだ。竜王に恋愛感情で好きだと言われるのは、とても困る。ましてや、恋に落ちるなどとんでもなかった。

レノックスは確かに見とれるような美形で、魅力的ではあるが、男だ。そして自分よりは遥かに背が高い。元の竜真の姿でさえ、圧倒される上背と体格の持ち主である。

そんな相手と恋仲になれば、自分が受け身なのは疑いようがない。

高校生になって急激な成長期に突入してからは女の子にモテる人生を送ってきた竜真に、同性愛の気は皆無だ。男に言い寄られたことは何度かあるが、一ミリたりとも気持ちは動かなかった。

だからやはりありえないだろうと思いつつ、レノックスに愛おしいと言われると妙に胸がときめいた。

男に愛おしいと、好きだと言われるなんて鳥肌もののはずなのに、ドキドキしてしまうのである。

それはきっと、頻繁に行われるボディータッチと、竜真を見つめるレノックスの熱い瞳のせいだ。美しく輝く黄金の瞳に、優しく、熱く見つめられると、どうにも心がざわめいて仕方ない。

(レノックスが美形すぎるのが悪いっ)

完璧すぎて作り物めいて見えるほどの美貌だが、これまではそんなに大きく表情が動くことはなかった。

竜王という立場にいるからか、常に自分を律していた気がする。アラムが人型になったときもとても嬉しそうだったが、満面の笑顔というわけではなかったのである。

それが今は——やたらと表情が豊かになっていて困る。超絶美形に微笑みかけられ、熱く見つめられるのは、心臓に悪かった。

レノックスの右腕であるエルマーが諌《いさ》めるべきではないかと思うのだが、エルマーはニコニコ笑うのみだ。

二回目の雨乞いに向かい、今日の分を終わらせて戻ってきた今も、レノックスは竜真を抱きしめている。

「雨を呼ぶ竜真はいつも以上に美しかったな」

「うーん……」

「竜真を遣わしてくれた女神に、心から感謝している」

言いながら頭を撫でられ、髪を梳《す》かれる。

優しく掬い取られた手の甲に口付けを落とされ、竜真の唸《うな》り声は大きくなった。

「どうして唸っているんだ？　可愛いな」

「ううーっ」

皺《しわ》を寄せた鼻にチュッとキスをされると、竜真は我慢できなくなる。

こんなレノックスは困る。とても、とても、困るのだ。

「あのさぁ、レノックス！」

「なんだ？」

「ここのところ、レノックス、おかしくないか？」

「普通だ。竜真のおかげで心が軽くなったという自覚はあるが」

「いや、でも、なんか……好きとか、愛おしいとか言うだろ」

「事実だからな。私は竜真のことが好きで、愛おしいと思っている」

「うー……」

目と目が合ったまま堂々と言いきられ、竜真はぎこちなく視線を外す。

自分を見つめる金色の瞳を直視するのがつらい。

レノックスの言葉に深い意味があるのか、恋情が込められているのか……ちゃんと確認しないと勘違いして自意識過剰なことになりそうだった。

竜真も、女の子と目が合っただけで、愛想笑いをしただけで、勝手に「天宮くんは私のことが好き」と思い込まれたことが何度もある。まとわりつかれ、ストーカーのようになった女性が二人いた。

あの恐怖体験から女性付き合いを避け、より筋肉作りに勤しむようになったのである。

今なら、あの女性たちの気持ちが分かるような気がする。自分が好意を持っている相手や、すこぶるつきの美形に見つめられると、胸がときめくものだと知ってしまった。

ましてやレノックスは、「好き」だの「愛おしい」といった甘いワードを言ってくるので、竜真の気持ちは大きく揺さぶられてしまう。

レノックスがどういうつもりでそんなことを言ってくるのか確かめるのは、怖い。だがそれ以上に、勘違いしてレノックスに嵌まっていきそうな自分が怖かった。

だから、まずはレノックスの真意を確かめる。

すべてはそれからだ。

竜真はゴクリと唾を呑み込み、再びレノックスのほうを見て聞く。

「……レノックスの『好き』は、恋とか愛の『好き』なのか……？」

「そうだ。私は竜真を、愛している。湖でいきなり現れたときもその美しさに見とれ、溺れて慌てる可愛らしさに見とれた。そして、世界を——竜族を救おうとしてくれる健気《けなげ》な姿……好きにならないわけがない。……愛している」

「………」

思いもよらない真正面からの愛の告白に、竜真は頭をガツンと殴られたような衝撃を受ける。

自分から聞いておいてなんだが、まさかそんなにはっきり言われるとは思わなかったのである。

「オレ……オレは、いずれ自分の世界に戻る……」

「ああ、分かっている。分かっていても、愛おしいという気持ちは止められない。竜真を見れば胸が熱くなる。愛おしい、抱きしめたいと思ってしまう」

熱い瞳で見つめられ、竜真の全身がカーッと熱くなる。

困るのに、嬉しい。嬉しいが、困る。

違う世界の住人であるレノックスを好きになれば、つらい別れとなってしまう。竜真の中に、元の世界に戻らないという選択肢はなかった。だから、困るなんて思っていないで、きっぱりと断る必要がある。

「オレは、無理……だよ。ずっとここにはいられない……戻らなきゃ」

「そうだな」

悲しそうに笑われると、胸が締めつけられる。手を伸ばして抱きしめたくなったが、それをするわけにはいかないと自分を律する。

「竜真は、私のことなど気にしなくていい。竜真が今してくれていることだけでも本当にありがたく、感謝が尽きないんだ。ただ、気持ちは止められないから、大目に見てほしい」

「う、ん……」

切ない瞳で見つめられると嫌とは言えなくて、竜真は頷くしかない。

（困る、のに……）

気持ちは止められないというレノックスの言葉は、よく分かる。分かるが、あまり面《おもて》に出さないでほしいと思ってしまう。

レノックスに見つめられるたびに、触られるたびにドキドキしてしまって、竜真は本当に困った。

気にしちゃいけないと思うのだが、勝手に心が反応してしまうのである。

（レノックスは、自分の顔の威力を分かってないんだよな……）

のぼせそうなほど長く湯に浸かってレノックスのことについて考えていた竜真は、心配したエルマーに声をかけられて浴槽から出た。

アラムの体を拭いて寝間着を着せ、自分も寝間着を着て花嫁の間に移動する。

アラムと一緒にベッドに入って絵本を読み聞かせていたが、アラムの耳がピクンと動いたと思ったら、勢いよく起き上がって隣の竜王の間へと走っていってしまった。

「ちょっ……アラム？」

レノックスを連れてこられたら困るのだが、昨日まではよくて今日はダメという言葉が見つからない。アラムになぜかと聞かれたら、答えに困ってしまう。

どうしたものかと唸っていると、アラムに手を引かれてレノックスがやってきた。

「アラムに呼ばれた」

「あー……うん……」

なんとも気まずく、目を合わせられないのだが、そんなふうに感じているのは竜真だけらしい。

レノックスはアラムをベッドの真ん中に乗せると、自分も毛布の中に入ってきた。

「……」

真摯《しんし》な愛の告白を受けたあとで、緊張しないほうがおかしい。

明かりを消されて真っ暗になった空間で竜真が硬直していると、レノックスの苦笑が聞こえてくる。

「ピリピリとした気配が伝わってくる……そんなに警戒しないでくれ。竜真にその気がなければ、手を出したりしない」

「うん……」

まだ知り合ってそんなに経っていないが、レノックスのことを信頼している。

真面目で責任感が強く、誠実な人物だと思っている。

だから寝込みを襲うようなことはしないと信じたいが、そう簡単にはいかなかった。頭では分かっているのに、体が勝手に硬くなってしまうのだ。

緊張が緩まない。頭に血が上ったり下がったりと忙しく、痛いほどレノックスを意識してしまう。

その夜、竜真はなかなか寝つくことができなかった。

★
★
★

レノックスに愛していると言われてからというもの、竜真はレノックスを意識してギクシャクしてしまう。

告白したことでレノックスは気持ちを抑えるのをやめたらしく、さらにボディータッチや好きだといった想いを告げる言葉が多くなった。

常にアラムが一緒で、「あらむもしゅきー」と言ってくれるおかげで場が和むものの、レノックスと竜真の間には微妙な緊張感が漂っていた。

主に——というか、ほとんど竜真が発しているものである。

レノックスは告白して開き直ったようだが、竜真はそうはいかない。レノックスに抱き寄せられ、愛を囁《ささや》かれると、どうしていいか分からず困り果てた。

ボディータッチは以前からだから、今更やめろと言いにくい。何よりも、竜真は困るとは思っても、嫌だとは思わないのだ。

触れられる手に、嫌悪は感じない。

以前男に迫られたときは、鳥肌が立ってつい殴ってしまったが、あいにくとドMだったらしく喜ばれてしまったのがさらに気持ち悪さを増した。

おかげで男からの告白にはトラウマができていたはずなのに、レノックスは大丈夫なのが不思議なくらいだ。

それどころかちょっと嬉しい……などと感じているのが怖い。

（レノックスが超絶美形だからか？　美人は三日で飽きるんじゃなかったのかーっ⁉）

飽きるどころか、見つめられるとドキドキは大きくなるばかりだ。左右対称の完璧な美貌が、常人には持ちえない輝く金色の瞳が、竜真の心を揺さぶる。

そしてレノックスが、竜真にだけ見せる弱さ――竜王としての不安――それらを見せられると、キュッと胸が締めつけられる。

レノックスが隙《すき》のない完璧な竜王だったら、竜真は惹《ひ》かれなかったかもしれない。近寄りがたく感じ、きちんと距離を取って接していた可能性が高かった。

レノックスが竜王としての責任の重さに悩み、世界を、竜族の未来を案じて頭を痛めているからこそ手を差し伸べたくなるのだ。

大丈夫だと言って痛む頭を撫で、一人じゃないと抱きしめたくなる。

けれど竜真はあくまでも水の女神の御使いとしてここにいるだけで、いずれは自分の世界に戻る。感情に流されるわけにはいかなかった。

レノックスに熱く見つめられるたび、好きだと言われるたび、そんなふうに自分に言い聞かせるのは疲れる。

だから水瓶の設置が終わったという知らせが届いたときには、ホッとしたものだ。

（忙しくなれば、気が紛れる……）

世界中を回るには、いくら竜に乗ってでも数ヵ月はかかるそうだから、レノックスと離れて冷静になれる。

物理的に離れ、落ち着くことができれば、レノックスに反応する自分についてもっとちゃんと分析できるかもしれない。

けれど——……その考えに反して、竜真がレノックスと離れることはなかった。

レノックスは竜王なのに、竜真と一緒に旅をするのだと言う。

「いや、そんなのダメだろ。竜王が城を留守にするなんて」

自分は大丈夫だから城に残ったほうがいいと言うと、レノックスは微笑みながら竜真の頬に優しく触れてくる。

「この城は、手の空いている火竜たちに任せるから心配ない。私は竜真を守りたいし、その役目を他の者に任せるつもりはない。竜真から離れるつもりはないぞ」

「う……」

その表情は反則だと、竜真は顔を赤くして俯《うつむ》く。

性別なんてどうでもよくなるような美形の甘いアプローチの威力といったら、とんでもないものがあった。

「私にとって一番大切なのは竜真だ。竜真に何かあったら、後悔なんていうものではすまない。分かってくれるな?」

「う、うん……」

「では、一緒に行くということでいいな。必要なものは滞在先に用意されているから、私たちは身一つで行くだけだ。アラム、竜になりなさい」

「はぁい」

一瞬のうちに仔竜の姿になったアラムは、今まで着ていた服に覆い被さられてジタバタしている。

大人の竜は服を自分の中に取り込んでしまえるようなのだが、アラムはまだ小さいのでできないのだ。

竜真は笑ってアラムを救い出し、エルマーが用意してくれた袋の中に入れる。

階段を上って屋上に出ると、レノックスが黒竜へと姿を変える。もう何度も乗っているから、竜真も慣れたものだ。

サッと背中に乗って、火竜に戻ったエルマーとともに城を飛び立つ。

「うーん……長旅に出るわりに、ずいぶんあっさり……」

竜王の旅立ちなのに、見送りは伝令を持ってきた火竜一人だ。

大仰な見送りをしてほしいわけではないし、そんなことをされたらいたたまれないが、それにしても静かなものだった。

『見送りは必要ないと伝えてあるからな』

「竜族、ドライだなぁ」

レノックスとエルマーの計算では、雨乞いをしつつ水瓶に水を満たしていくのに百日くらいかかりそうとのことだ。

三ヵ月以上もの長旅というのは、竜真は経験がない。普通に考えてすごい覚悟と荷物が必要な気がするが、レノックスとエルマーは手ぶらでまったく気負っていなかった。

グングンと風を切って最速で飛んでいるため、あっという間に竜王の領地を出る。水の膜に包まれていなければ、風圧で落ちていてもおかしくないスピードだ。

竜真が雨乞いをした地域を過ぎると、途端に空気が乾燥する。

眼下には森が広がっているが、豊かな緑とはいえない。葉が萎れているし、枯れかけている木も多かった。

レノックスは雨乞いの有効範囲を考えつつ、降りられる場所を探している。

そしてちょっと開けたところで雨を降らせてから、森を抜け、山を越えた場所にある小さな村へと降り立った。

「荒涼としてる……」

城下町にあった活気が、ここにはない。それどころか、レノックスの領地にあったどの村よりも静かで、竜王の訪問に慌てて出てきた村長も枯れ木のように細く、今にも折れそうな弱々しさである。

「竜王様、御使い様、このたびはお越しくださいまして、どうもありがとうございます」

「水瓶を設置できたと聞いたのでな。その前に御使いが雨を降らすから、器を外に出すといい」

「は、はい。準備はできております。あの……本当に、雨が……？」

「ああ、降る。もう、何度も実証ずみだ。竜真……」

名前を呼ばれ、手を差し出されて、レノックスの後ろに隠れるようにして佇《たたず》んでいた竜真が前へと出る。

ワラワラと集まってきた村人たちは一様に頬がこけ、子供たちも目ばかりがギョロリとしていて痛ましい。

空から見た村は乾ききった土地ばかりだったし、作物の実っている畑は本当に数えるほどだった。

命を維持するギリギリのところだったと分かる。

痛いような必死の目に囲まれながら竜真は両手を天へと翳《かざ》し、雨よ降れと念じた。

ほどなくして空に雨雲で現れ、村人たちに期待のざわめきが広がっていく。

ポツリポツリと水滴が落ち始めると、ワッと歓声が広がった。

「雨だ！　雨が降ってきたぞ‼」

「四十日ぶりの雨だーっ！」

「御使い様。ありがとうございます！」

「ありがとうございます‼」

「あ、いえ……ええっと……水瓶の場所に案内してもらえますか？」

「はい、こちらです」

小さな村だからか、設置された水瓶は三つ。真ん中に井戸があり、そこから均等に置いたようだ。

「この村は、井戸の水は大丈夫なんですか？」

「干上がりかけていますので、私が管理して少しずつ使っております。領主様から御使い様の御髪をいただきまして、言われたとおり埋めましたが……その、本当に、尽きぬのか確かめようがありませんで……。水は、底のほうに少ししかないのです」

「あ、そうか……水竜がいないと、水、足せないのか……じゃあ、井戸の水も補給していきます。いくら使っても大丈夫ですよ」

「は、はい……あの、本当に……？」

「それも実証ずみです。大丈夫」

「ありがとうございます、ありがとうございます。これでみな、死なずにすみます」

竜真はまず三つの水瓶に水を満たし、それから井戸に行く。縁に手をかけて覗き込んでみると、ずいぶんと下のほうに水があるのが見えた。

「確かにこれは、不安になるか……」

竜真は井戸の内側に触れて、手のひらから水を出す。

ゆっくりと下に流れていった水が溜まっていた水の中に落ち、地下の水脈に繫がった。

「ああ、本当だ……涸れかけてる」

もともとが大きな水脈ではなかったらしく、長く続いた日照りで中身は空に近かった。

竜真はそこに、水の女神の恩恵の混じった水を注ぐ。

ゆっくりと水脈を満たし、見る見るうちに井戸の水位が上がってきた。

「あっ、あっ、水が……水が……」

「井戸の水が増えた！」

大喜びし、歓声をあげる彼らに、竜真が言う。

「この水は安全ですし、みなさんの体にも、畑にもいいと思います。どんなに使っても大丈夫なので、畑にも撒いてあげてください」

「は、はい……ありがとうございます。尽きぬ水とは……夢のようです」

「ありがとうございます」

ここでもありがとうございますの大合唱で地べたに額を擦《こす》りつけんばかりに感謝され、竜真はううっと唸る。

（すごく困る……こういうの苦手……）

何度されても慣れない竜真がオロオロしていると、レノックスが肩を抱いて彼らに声をかける。

「我々は、先を急いでいる。次の村に行って、雨を降らせねばならない。何かあれば、領主に直訴するように」

「はい、ありがとうございます」

村人たちの感謝の中、竜真は黒竜となったレノックスの背にそそくさと乗る。

フワリと空に飛び立つと、ホッと吐息を漏らした。

「疲れる……」

『竜真は謙虚だからな。彼らの感謝が重く感じるのだろう？』

「そうなんだよ」

『竜真が為すことは、奇跡としか言いようがないんだが……彼らの感謝は大げさではないぞ』

「でも、女神の力であって、オレの力じゃないからなぁ。やっぱり居心地悪いよ」

『可愛らしいことだ。そういうところが愛おしい』

「うー……」

こちらのほうを振り返りながら言われ、竜真は言葉に詰まる。

完璧な美貌の持ち主であるレノックスは、竜になっても格好いい。黒光りするウロコも、ちょっと怖い精悍な竜の顔も、やっぱりハンサムだな～と思ってしまうのである。

それだけに変わらない金色の瞳に見つめられてドキリとするのも同じで、竜真は顔を赤くしながら言う。

「前向いて、前！　違うところに行っちゃったら間抜けだろ」

『分かった、分かった。照れてる顔も可愛いぞ』

「うーっ」

開き直って愛を語るレノックスは、すこぶるつきに扱いにくい。照れても、怒っても、無視しても、可愛いに変換されてしまうのだ。

竜真たちはもう二つばかり小さな村に寄って水瓶を満たしたり雨を降らせたりしてから、領主の館に到着する。

領主を筆頭に、ズラリと待ち構えている中庭に降り立つと、恭《うやうや》しく迎え入れられた。

中にどうぞと言われるが、レノックスは断って案内人を出させる。

人々の生活は、逼迫《ひっぱく》している。一刻も早く水を与える必要があるので、一つでも多く回らなければならなかった。

それゆえいかに効率よく回れるか領主たちに考えるよう命じ、案内人を用意させたのである。

「ビ、ビリーと申します。御使い様とレノックス様にはご機嫌麗しく――……」

『ああ、そういうのはいらない。時間がもったいないから、さっさとエルマーの背に乗れ』

「は、はい！　失礼いたしますっ」

竜の背に乗るなど初めてらしい四十代の男は、まわりの人間の手を借りてなんとか跨《また》がることに成功する。

『行くぞ』

「はわわわっ」

妙な声を出して必死にエルマーの背に縋りつくビリーに、竜真はクスリと笑う。

「大丈夫、落ちませんよ。エルマーがちゃんと守ってくれているから。それより、どちらに行けばいいんですか？」

「は、はい……あの、あちらにお願いします。……ひいっ」

方向を変え、スピードを上げるたびに男から悲鳴が漏れる。

どうやらビリーには、エルマーが熱くない炎で体を包んでいてくれるのが分からないらしい。だから落ちるまいと、必死で背中にしがみついていた。

エルマーはそれを面白がって、ときおりわざと体を揺らしているようだ。

「エルマーってば、悪いやつ」

『あんなことをしたら、うるさいだけなのにな。背中でギャーギャー喚かれたら、たまらん。おかしなやつだ』

「ひーあーぁぁ。……あっ、あそこです。あそこに降り……ギャーーッ‼」

エルマーが急降下したのは、絶対にわざとだ。事実、レノックスはゆっくり下降してくれている。

『エルマーめ……遊んでるな』

「気の毒に。あれは怖いぞ」

地面に降り立ったときにはビリーの足取りはヨロヨロしていたが、それでも気力を奮い起こして務めを果たそうとする。

「こ、こちらにお願いします。村の規模にもよりますが、基本的には井戸が一つか二つ、水瓶は三つです」

竜が降り立ったことで、村は沸き立っている。

他の村と同じようにして水瓶と井戸を満たし、雨乞いをし、先を急ぐからといって飛び立つということを三度ばかりした。

陽が暮れようとするのを見て終わりにし、領主の館に戻る。大仰に挨拶をしてくる領主を制し、館の井戸や水瓶を満たしてからようやく用意されている部屋に入った。

警備の問題もあるから、竜真とレノックスは同じ部屋でと伝えてあるらしい。

貴賓室と見られるキンキラキンの部屋に、竜真は唖然《あぜん》とする。

「……趣味悪っ」

壁紙は真っ赤で、金の装飾。家具や絨毯《じゅうたん》なども金の分量が多いから豪華ではあるが、落ち着かないことこのうえない。

「とにかく豪華に……と思ったのか？　確かに、趣味が悪い」

「まぁ、寝られればいいんだけどさ。あー、お腹空いた」

その声を聞きつけたかのように、扉がノックされてエルマーが入ってくる。

「夕食の支度ができたそうです。領主がぜひご一緒にと言っておりますが」

「竜真が疲れているから、部屋に運ぶように伝えてくれ」

「かしこまりました」

エルマーが頷いて出ていくと、竜真はレノックスに聞く。

「断っちゃっていいのか？」

「もちろんだ。優先すべきは竜真の体調で、領主に付き合う必要はない。気を使って食事するのは嫌だろう？」

「うん、ありがとう」

御使いという立場にいつまで経っても慣れない竜真は、崇める目で見られるのが苦手だ。竜王と御使いを迎えての夕食となれば領主一人ではなさそうだし、一時間か二時間か……緊張しっぱなしで食事をするのはつらいものがある。だからレノックスの判断で断ってくれたのは、とてもありがたかった。

同時に、理解されてるなぁ、大事にされてるなぁと思う。好きだと……愛おしいという言葉が口先だけではないのを感じさせられてこそばゆかった。

貴賓室の居間に料理が運ばれてきて、エルマーも同席しての夕食となる。

アラム用の子供椅子もちゃんと用意され、アラムはがんばって自分で食べていた。

「アラム様、肉ばかりではいけませんよ」

「むーぅ」

エルマーに注意され、不満そうに口を尖《とが》らせながら仕方なく野菜を食べるアラムに、竜真はクスクスと笑う。

「アラム、肉好きだよな。体のわりに食べる量も多いし、大きくなるわけだ」

「もともと竜族は、肉食だったからな。いつしか人型を取れるようになり、それに伴って雑食となった」

「えっ⁉　最初から人型になれたわけじゃないのか？　途中から？　どんな進化だ、それ。すごすぎるだろ」

「竜族には、何度か絶滅の危機があった。人型になれるようになったのは、竜族のメスが生まれなくなったからだ。当時の竜王が人型を取れるようになり、それを追うように他の竜たちも人型を取れるようになった。そして、竜族の子を産める竜の爪痕の痣を持つ人間が生まれ始めた」

「竜王、すげえ。マジか……女神の言ってた、竜族はこの世界に愛されてるって、そういうことか……」

竜王の力だけで成し遂げられるとは思えない、驚異の進化だ。超自然的な何かの作用があったとしか思えない。

「そういえば……アラムの声が女神に届いたのだって、おかしいよな。アラム自身には、そんな力ないはずなんだから」

太陽の暴走を止める術《すべ》のない世界が、他の世界に助けを求めたのかもしれない。

そしてそれに応えたのが水の女神で、引っ張り込まれたのが竜真。期待どおり、世界が滅亡するのを救えるか疑問だった。

「重っ！　オレの任務、めちゃくちゃ重い……でも、女神に加えて、この世界の全力バックアップがあるのは心強いかな」

暗くなりそうな思考を無理やり前向きなものに戻して、竜真は頭を切り替える。

「まずはご飯だ。腹が減っては戦はできぬって言うからなー」

竜王を持て成すだけあって種類の多い料理が載った皿をつつき、パンを齧っていると、「ブタが焼き上がりました」と言って大皿が運ばれてくる。

四人がかりで運んできた皿というか巨大なトレーの上に、ドーンとブタの丸焼きが載っていた。

「ぶ、ブタの丸焼き……初めて見た」

「おお、これは見事だな。領主に礼を言ってくれ」

「はい。どの部位がよろしいですか?」

「竜真とアラムには、食べやすい腹のあたりを。私とエルマーは肢だ」

「かしこまりました」

料理人が、目の前で肉を切り分けていく。

竜真とアラムは興味津々で、かぶりつかんばかりに凝視した。

「すごい、すごい」

「すごーいねー」

一キロくらいありそうな塊が目の前に置かれ、竜真はいそいそとナイフとフォークで切り分ける。

一口大にしたそれをアラムの口に運び、ついで自分も食べた。

「うきゃーっ」

「う、旨っ! やわらかくて、ジューシー。やばい」

アラムもよほど美味しいのか、お代わりを求めて口を開けている。旨い旨いと連呼しながら二人は夢中になってブタの丸焼きを堪能した。

そしてレノックスとエルマーの前にはドンとブタの肢が置かれ、上品ながらもモリモリと食べ進めている。

「肢一本丸々……すごいな、竜族」

レノックスの食べる量には慣れたはずなのに、さすがにブタの肢の見た目はすごいものがある。竜真とアラムの分の塊の何倍もあり、どう考えても一人分ではないのだ。

だがレノックスとエルマーはかなりの速さで、そのちょっとした小山を切り崩していった。

竜族の本体はあの巨大な竜のほうだから、食べる量も多い。だから日照りによる食糧難は、竜族にとって大問題だ。今は三十三人しかいないからまだいいが、もし竜族が百人もいたら大変だったかもしれない。

（まさかこれも、この世界の力……？）

まるで深刻な事態に合わせるかのように、竜族の数はゆるゆると減ってきた。偶然というにはあまりにもタイミングが合いすぎている。

この世界がいかに竜族を愛し、保護しようとしているかの証明のような気がした。

実際、レノックスとエルマーはあっという間に肢を一本完食し、お代わりに入っている。すごい食欲だと、感心するのみだ。

竜真とアラムは時間をかけて一キロ近い塊を胃袋に収め、ぽっこりと膨《ふく》らんだ腹を擦ることになった。

「食いすぎた……」

『くるちー』

アラムは本体のほうが楽なようで、竜の姿になって椅子の上にひっくり返っている。その腹は見事に膨らんでいて、竜真は笑いながら優しくポンポンと叩いた。

「お腹、痛くない？」

『だいじょーぶ』

「ちょっと休んでから、お風呂に入ろうか。楽になるよ」

『うん』

「ああ、では、私が先に入ろう。そうすれば、竜真が湯の準備をしなくてすむ」

「ありがとう」

竜真はアラムを抱いて寝室に引き揚げ、ゴロリとベッドに横になった。

「あー、ケバい部屋……花嫁の間のほうが好きだな」

華やかさはあるが落ち着いた色彩の花嫁の間に、竜真は馴染んでいる。こちらの世界に来てからずっといたから、自分の部屋という感覚があった。

そして、アラム――出会ったときからくっついて離れない、小さくて愛おしい存在。

体が大きくなり、体力もついてきたアラムは、今回の長旅にもくっついてきている。強行軍になるから城で留守番をさせておいたほうがいいのではないかと思ったのだが、レノックスがそれは無理だと笑ったのである。

アラムがおとなしく留守番なんてするわけがないし、竜真にくっついて離れないに決まっていると。

実際、竜真はアラムを説得しようとしたのだが、きっぱり「いやー」と言われてしまった。

「アラムはこんなに小さいんだから、心配だなぁ」

朝から夕方まで、移動しっぱなしの過酷な旅である。

竜真は水の女神から力をもらえるし、レノックスとエルマーはいかにも体力がありそうだからいいが、まだ仔竜のアラムは大丈夫なのかと思ってしまう。

「……アラムは女神のお気に入りだから、力を注いでおくか」

竜真にくっついているだけで力をもらっているらしいが、竜真のマッサージはアラムにも効果があるはずだ。

竜真は仰向けにひっくり返っているアラムの全身を撫でまくった。

「疲労回復～…お腹も楽々～…体力つきまくり～」

呪文のように女神にお願いしたいことを呟きながら触っていると、ちゃんと効果はあるらしい。

ヘロヘロだった水竜と氷竜たちがわかりやすく元気を取り戻していたので、竜真もマッサージに自信ができた。

「んきゅ～」

アラムも気持ち良さそうな声を出し、鼻をスピスピと鳴らしている。

そこにノックの音がして、エルマーが入ってきた。

「領主自慢の焼き菓子を持ってきました。今はまだ満腹でしょうから、お風呂上がりにでもどうぞ」

「ありがとう。あ、そうだ。エルマーも、ちょっとこっち来て」

「はい」

「マッサージするから、ベッドに寝て」

「えっ、いえ、私は結構です」

「遠慮しなくていいよ。長旅だし、ちゃんと疲労回復しておかないと、途中でへばったら困る。水系の竜ほどじゃないけど、効果はあるはずだから」

「いや、しかし……」

「いいから、いいから。はい、寝る、寝る」

竜真はエルマーの手を引っ張って強引にベッドに俯せにし、上から伸しかかった。

「んー……見事な広背筋……僧帽筋も綺麗についてるなぁ。うらやましいぞ。畜生め。カムバック、オレの筋肉～」

だがあいにくと、かつての竜真の筋肉はエルマーのものほどではなかった。これは持って生まれたものであり、竜真のように食べるものに気を使い、ジムのトレーニングでつけたものではないのだ。

なんの苦労もなく立派な体格を持ち合わせている竜族には、強い嫉妬を感じた。

「任務完了の暁には、ご褒美として身長十センチと落ちにくい筋肉を要求しよう……それを心の支えにして、がんばるんだ、オレッ」

身長が十センチ伸びれば、もう少し筋肉量を増やしてもムキムキではなく、美マッチョをキープできる。

考えてみると、筋肉のためとはいえ節制や努力を苦としない竜真は、御使いの役目にピッタリかもしれない。

ブツブツと呟きながらマッサージをしていると、あっという間にエルマーの体から力が抜けて弛緩するのが分かる。

水竜たちはたいてい、五分も経たないうちに眠りに落ちたものだった。

さすがに火竜であるエルマーはそういうわけにはいかないが、トロトロしているのは間違いない。真逆といえる火竜と水竜だが、核の部分ではそれぞれの性質を共有しているという。

生命の芽生えの際にはまだなんの竜になるかは決まっておらず、卵の中で成長していくにつれて一つを選んで大きくなるのだと。

それゆえ火竜のエルマーにも水竜の気がわずかなりともあり、その水竜の部分が竜真のマッサージを受け入れていた。

（竜族って、本当に不思議な存在だよなー。まぁ、異世界なわけだから、当然なのかもしれな

いけど）

他の竜は持って生まれた器の容量が少ないから、一つの性質しか選べない。けれど黒竜であるレノックスの容量は比べものにならないほど巨大なので、すべての性質を兼ね備えているらしい。

だからレノックスは水を出せるし、火を噴くこともできる。物を凍らせることも、雷《いかずち》を落とすこともできる。

だが、アラムを健康にできなかったし、雨を降らせることも、太陽の暴走を止めることも、竜族が滅びに向かうのを止めることもできなかった。

レノックスが鬱屈《うっくつ》した空気をまとっていたのも当然である。

（無力感、半端ないよなぁ）

レノックスを見ていると、王の重圧と孤独を感じる。エルマーという右腕がいても、竜族たちを背負うのはレノックス一人。レノックスが倒れれば、竜族も倒れる。竜真がその重荷を肩代わりするのは無理だが、少しでも軽くしてあげたいと思った。

そんなことを考えながらエルマーのマッサージを続けていると、いきなりグイッと腰を掴まれて、引っ張り上げられた。

「うわっ⁉」

なんだと思って顔を上げれば、怒った表情のレノックスがいる。

「何をしている」

「マッサージだけど……」

「なぜ、エルマーの上に乗る必要がある」

「このほうが楽だから。右に左に移動しながらマッサージするの、面倒だろ」

「そうかもしれないが、それはダメだ」

「それって？」

「他の男の上に乗ることだ。もちろん、女もだが」

「マッサージするためだぞ？」

「それでもダメだ」

「むーっ。焼きもちか」

「そうだ」

「……」

あっさりと認められ、竜真は返す言葉に困る。

ついでに自分がレノックスに抱きかかえられているのに気づき、カーッと顔を赤くした。

「は、放せ！　下ろせ～っ」

ジタバタしながら手足を振っていると、エルマーとアラムが目を覚ます。

「……いつの間にか眠ってしまっていたのですね。失礼いたしました」

「くあ〜っ」

「おや、レノックス様。ずいぶんと楽しそうで」

「水の女神の御使いは、生きがいい」

「魚じゃないんだぞ！」

この〜っと文句を言いながらさらに暴れてみせるが、レノックスはビクともしない。

二人が遊んでいるとでも思ったのか、アラムが楽しそうに足元を駆け回った。

★★★

翌日は早い時間に朝食を摂って、すぐに村々を巡り始める。

昨日のうちに布令が回ったのか、一行が到着した最初の村ではすでに家の前にたくさんの器が出され、準備万端だった。

彼らは竜王がこんな小さな村になぜ来たのか、その背から降りた水色の髪の美しい少年が誰なのか知っている。

縋るような、崇めるような見覚えのある目で凝視され、竜真は居心地が悪かった。

案内されるまま水瓶を満たしていく竜真のあとを、村人たちがゾロゾロとついてくる。

その数は増える一方で、最後に雨乞いをしたときにはほぼ村人全員に囲まれることになった。

竜真たちは水を弾くからいいが、雨に打たれてびしょ濡れになる村人たちがかわいそうだから、雨乞いを最後にすることにしたのである。

不思議な業を見せられたあとで雨乞いも成功すると、例によって村人たちに土下座されてしまうから、先を急ぐと言ってそそくさと次の村に向かう。

布令のおかげで説明の時間がいらないから、サクサクと進められた。

それに、レノックスの領地に比べると村の数が少ない。他より安全で住みやすいというレノックスの領地は、とにかく住民が多かった。

職人も多いから水瓶ができあがるのもどこよりも早く、城下町はもう順調に動き始めている。お忍びで出かけるたびに切迫感のようなものが薄れ、明るい雰囲気になっているのが嬉しい。レノックスの領地はもう大丈夫だと思うからこそ、安心して旅立つことができたのだ。

それに比べると他の地は荒れ、乾いている。村人たちの困窮具合もレノックスの領地の村よりひどいようで、みな痩《や》せ細っていた。

なるべく早く雨を降らし、水を供給して回る必要がある。

レノックスとエルマーの指示によって水竜たちが竜真とは別のルートで水瓶に水を満たして回っているが、雨乞いができるのは竜真だけだ。

乾ききった大地と空気に、水を与える必要があった。

焦る気持ちのまま村から村へと移動し、日暮れまで休むことなく動き続ける。心配していたアラムは疲れると袋の中で眠っていて、むしろ人間の案内役のほうが先に音をあげて交代する状態だった。

彼らにとっては、竜の背に乗って飛ぶこと自体、大変疲れることらしい。

竜真はともかく、レノックスたちもさすがに疲れた様子である。何しろ朝から夕方まで村々を移動し、領主や国王の城に着くと、夕食を摂って風呂に入り、すぐに眠る日々だ。

疲労知らずなのは、女神から力をもらえる竜真だけなので、三人をマッサージして元気を取り戻させていた。

昼食抜きで飛び回っているのがダメージなのか、マッサージ前のグッタリしているレノックスは可愛い。

いくつかあるという竜王の別宅に入ったときには、竜の姿のほうが楽だということで、レノックスもエルマーも竜のままへたっていた。

ついでにアラムまでいると、黒、赤、水色の、大きさの違う竜たちが寝転んでいて、たまらないものがある。

竜の勇姿を見慣れた竜真にとっては、可愛い以外の何ものでもなかった。

「可愛い、可愛い。へばった竜って、可愛いなぁ」

『……竜真は元気だな……』

『腹が減りすぎて、もう動けません……』

『おなかへったーっ！』

袋の中で眠ったり、焼き菓子を食べたりしているアラムのほうが二人より元気がある。

「すぐにご飯を持ってきてくれるって言ってたじゃないか。がんばれ～。ご飯が来るまで、ちょっとマッサージしてやるな」

『助かる……』

『ありがとうございます……』

まずはレノックスから。元気になれ～と言いながら頭をグリグリと揉み、背中や腕を撫で擦る。

竜の姿のままだと、大きすぎて大変だ。

しかしこちらのほうが本体というだけあって体力の回復も早く、すんなりと竜真の力を受け取ってくれる。

エルマーにも同じようにしてみるが、やはり竜の姿のほうが吸収はいいようだった。

「ついでにアラムも～。こちょこちょこちょこちょ」

「キューーッ」

ひっくり返ったままバタバタと手足を動かすアラムとじゃれ合っていると、待望の夕食がやってくる。

焼きたてのパンと、トリの丸焼きだ。レノックスとエルマーは一人一羽で、竜真とアラムは二人で一羽である。

「ニワトリ……よりデカいな。なんのトリだろ？」

「ああ、これはキニーですね」

「キニー？　知らないいな」

「ヤマドリですが、尾羽が真っ赤で美しく、肉も美味です。このあたりでは、よく食べられているトリなんですよ」

「へー」

ナイフで切り分けて食べてみると、少し癖があるが気になるほどではない。肉の味が濃く、確かに美味だった。

「うん、美味しい。キニー、好きかも」

「それはよかった。旅が終わったら、城でも食べられるようにしよう」

「本当に？　楽しみだな」

味付けは塩とコショウと香草――焼くと煮るの素朴な味付けが多いから、飽きないよう食材は豊富であってほしい。

雨が降って山や森が元気を取り戻してくれれば、そこに棲《す》む野生の生き物たちも増えるだろうと期待していた。

「……そういえば、ここに来る前に、山に大穴が開いてたけど……」

「ああ、あれは、太陽のフレアのせいで隕石が落ちた場所だ。ときおり巨大フレアが起こり強い衝撃波を発すると、運悪くこの星の近くにある小惑星群の岩が飛んでくることがある。あそこに落ちた隕石は拳ほどの大きさのものだが、それでも被害は大きい。人の住む場所でなくてよかった。ついこの間のことだから、まだ修復できていないんだな」

「拳大であれってことは、もっと大きいと大変なことになるな」

「実際、それで村が丸ごとなくなったこともある。そのときは、私の本体の半分ほどの大きさだった」

「村が丸ごと……」

「これから、そういう場所を何度も目にすることになるだろう。ここ十年で、巨大フレアの回数がずいぶんと増えていたから」

「あれがそうなんだ……。今も起きているんだよな？」

「竜真が来てから、落ち着いてきている。それでもときおり、巨大フレアは起こっているようだ」

「そっか……女神の言う策って、なんなんだろう……」

「想像もできないな」

「うん。頑として教えてくれないし」

竜真の質問にはたいてい答えてくれる女神だが、この世界と竜族を救う方法だけは拒絶する。竜真は知らないほうがうまくいくのだと、あしらわれてしまう。

他のことは具体的に教えてくれるのに、一番重要なことは教えてくれないのだからモヤモヤした。

食事のあとは風呂に入って、翌日に備えて早く眠る毎日だ。

レノックスに好きだと告白されたあと、一緒のベッドで寝るのは心理的にきつかったので、忙しなく体力を使う旅はむしろよかったかもしれない。

間にアラムを挟んでいても、緊張感がある。

アラムはベッドに横になって五分もしないうちに寝息を立て始めるので、大人二人が取り残されてしまった。

「アラムは体調を崩していないようだ」

「ああ、うん……元気いっぱいだよな」

声が上ずらないように、気をつけて返事をする。

暗い部屋、同じベッド――緊張はなくならない。迫られたらどうしよう、触られたらどうしようと、胸がざわめいて体が硬くなっていた。

何よりも困るのは、嫌だと思っていないことだ。ほのかな期待すらあるような気がする。

男相手なのに無理だと思わず、嬉しいけど困るなんて考えている時点で、すでにレノックスに惹かれているのだと分かる。

男とはいえすこぶるつきの美形で、責任感があって、誠実で――優しくて、頼りがいがあって、愛情も深くて……レノックスのいいところが、いくらだって出てくる。

こんなにも素晴らしい相手に愛を注がれて、惹かれないわけがないのだ。そして惹かれているからこそ、ダメだと気持ちを抑え込むしかなかった。

「竜真は、疲れていないか？」

闇を震わせる、優しい声。暗いからこそ、込められた労りや愛情が伝わってくる。

竜真は胸がポッとあたたかくなるのを感じた。

思わず口元を緩ませながら言う。

「オレは、大丈夫。額の宝石から力をもらえるからさ。オレより、レノックスとエルマーのほうが大変だよな。朝早くから飛び回りっぱなしは疲れるだろ」

「飛ぶのは平気だが、昼食抜きはきついな。竜の姿と人型との変身を何度も繰り返すと、どうにも腹が減る」

目にした惨状に早く早くと先を急いで、昼食のことなど考えもしなかった。昼食のために領主の館に戻る間に、もう一カ所回れる……と考えてしまう。

「あー……そうしたら、簡単に摘まめるものを作ってもらったらどうだ？　いちいち戻ってくるわけにはいかないし、昼飯時にどの村にいるかも分からないし。焼き菓子を持っていって、アラムみたいにちょこちょこ摘まむとか」

「そうだな。何か考えないと、きついかもしれない」

「竜って、燃料効率が悪いよな。体がデカいからか？」

「竜のときは食べる量が多いが、その代わり三日か四日は飲まず食わずでも大丈夫だ。人型のときは量が少ないが、三食は欲しいな」

「あれで少ないのか……竜のときって、どれくらい食うんだ？」

「ブタの丸焼きなら一頭、丸まるいける」

「すごっ。でも、それで三日、四日持つなら、そう悪くないのか？　体、デカいもんなぁ」

「私は、竜真の小食具合のほうが驚きだ。近いうちに、アラムに追いつかれそうじゃないか？」

「むーっ……肉に関しては、すでに追いつかれてる気がするんだけど」

「竜は本来、肉食だからな」

「こんな小さいのに、ムシャムシャ食うもんな」

すぴーすぴーと、可愛い寝息が聞こえてくる。

抑えめの声にしてあるとはいえ、頭の上で会話されているのにアラムが起きる気配はない。ぐっすりと眠り込んでいた。

「うーん、可愛い……見事なヘソ天」

耳の後ろや顎の下を撫でると、気持ち良さそうにうにゅうにゅ言う。そしてもっとと言うように、顎を上げる。

アラムの子供ならではの無邪気さや、懐いてくれるところが竜真の救いとなっていた。

レノックスはそんな竜真に手を伸ばし、頭を撫でる。

「……レノックス？」

「そんなふうにアラムを慈しんでくれる竜真が、とても愛おしい」

「………」

優しく甘い声に、カーッと竜真の体温が上がる。

「竜真、この世界に来てくれて、ありがとう。竜真のおかげで世界は癒やされ、私の頭痛もなくなった。優しく、美しく、健気な竜真を、愛さないでいられるわけがない」

「あ……」

暗くてよかったと、竜真は思う。今、きっと竜真の顔は真っ赤だ。暗さに慣れた目でもさすがに顔色までは見えないだろうと、なかなか下がらない体温に動揺しながら竜真は胸を撫で下ろした。

（そんな……そんなの、困る……）

レノックスに愛を語られると、竜真の心は激しく動揺してしまう。

（困る、困る、困るよ～）

ぐらついてはダメだ、自分をしっかり持て……と、自分に言い聞かせる。

いっときの、刹那的《せつなてき》な恋を楽しめる性格ではないのは二人ともだ。愛するなら真剣に、一生をともにする覚悟がいる。

しかしここは異世界で、レノックスは竜王。

大広間に飾られた、歴代の竜王とその花嫁の絵姿を思い出す。水の女神の考える策がうまくいけば、やがて竜の爪痕の痣を持つ子供たちが生まれる。

そして竜王であるレノックスはその子供たちの中から花嫁を選び、あの絵姿の一員となるのだ。

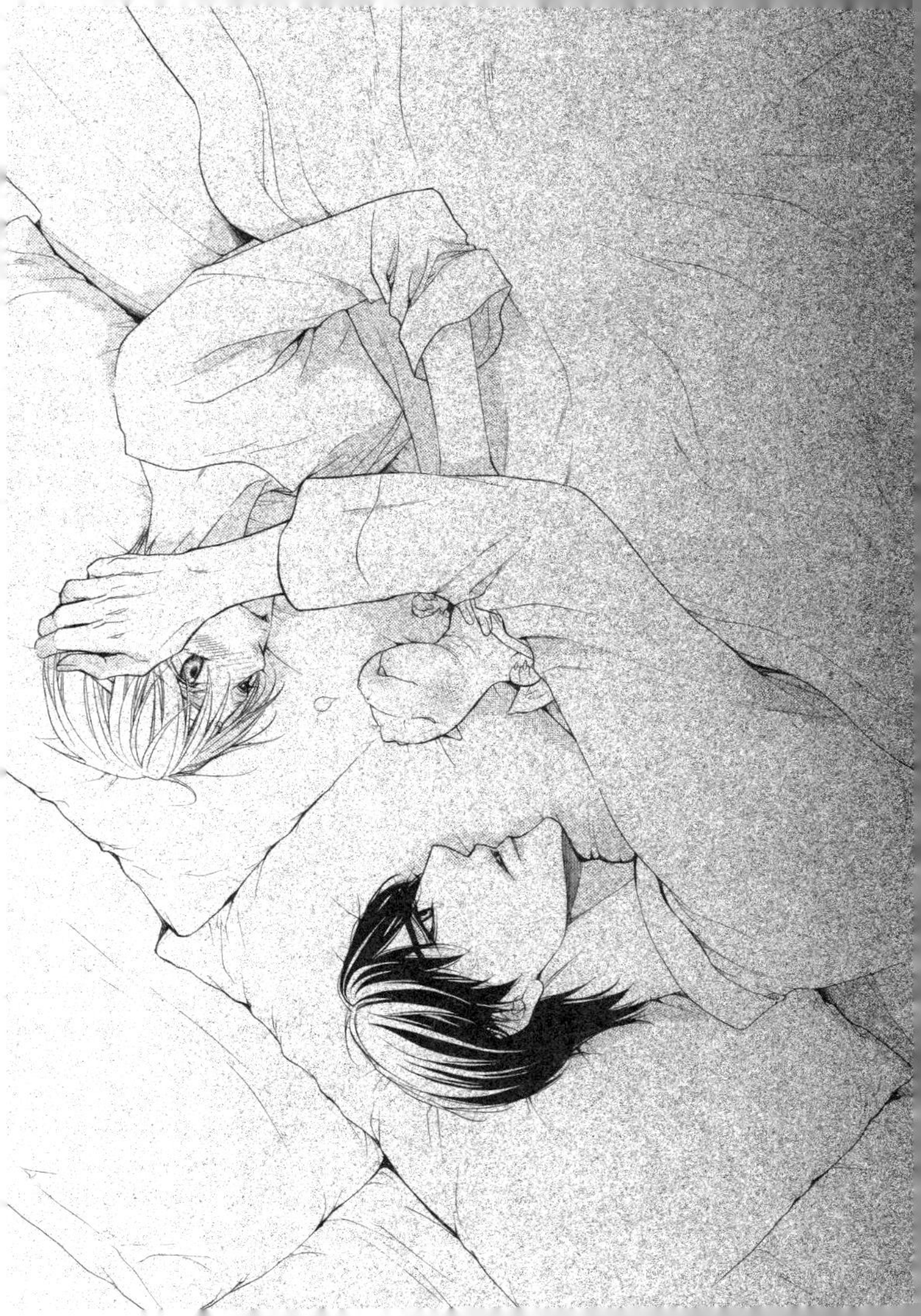

そう思うと、胸がギュッと痛くなる。

嫌だと叫びたくなる。

けれどレノックスは竜王で、真面目で、責任感が強く——自分の務めを放棄するはずがない。

どう考えても、自分の世界に戻らないという選択肢は竜真の中にはなかった。

（オレは……務めを終えたら、自分の世界に戻る……）

竜真は何度も自分に言い聞かせ、小さく重い溜め息を漏らした。

★
★
★

水の女神の御使いに対する評判は、この世界で速やかに伝わっていったらしい。

国王や領主の布令で知っていても、きっと半信半疑だったに違いない。しかし実際に雨を降らし、使っても減らない水瓶を見て、本物なのだと信じられていったようだ。

日を追うにつれて竜真たちを迎える声は盛大になっていき、訪れた村々での感謝も大きい。

一日か二日の滞在で次の地へと移動する旅は、覚悟していた以上に大変だった。

毎日のようにベッドが変わり、たくさんの人々と接触する日々というのは精神的につらいものがある。

レノックスとエルマーは平気そうだが、竜真にとってはきつかった。

竜真は、平和な日本の一国民なのである。人々に傅《かしず》かれ、敬われ、注視されるというのに慣れていない。異世界にいるという緊張感もあって、体力はともかく、精神のほうは徐々に疲弊していった。

けれど、今はとにかく先を急ぐ必要がある。水瓶を女神の恩恵を含んだ水で満たし、乾いた世界に雨を降らせるのだ。一周できればしばらくは休めるから、がんばるしかなかった。

この日も朝早くから村々を訪れ、日暮れを迎えようとしている。

「今日はこれで終わりにしよう」

「うん。疲れたー」

黒竜の姿になったレノックスの背中に乗り、フワリと飛び立つ。

「……あれ？」

案内人を乗せたエルマーが、別の方向に行ってしまった。

『ずいぶんとがんばったからな。いったん城に戻って、三日ほど休養しよう。エルマーも案内人を送ってから、あとを追ってくるだろう』

「えっ、でも……少しでも早く回らないと……」

『それで竜真が倒れては、意味がない。休養は必要なものだ。城で少しのんびりして、英気を養おう。疲れただろう？』

「それは、まぁ……」

限界が近いのは間違いない。初めての場所で——しかも何かあればすぐに用を承《うけたまわ》ろうと緊張している使用人たちの気配がピリピリと伝わってくる場所にいるのは気疲れするのだ。

『早いペースで回れているとはいえ、この先は長いぞ。適度に休養を入れなければ、神経が参ってしまう』

「レノックスとエルマーは平気そうなのに……」

『私たちは、人間の目など気にしない。気配も無視できる。気軽に摘まめるものを用意させるようになってから、体力も持つようになったしな。何よりも、竜真のマッサージが私たちを回復させてくれる。あれは、本当に気持ちがいいな』

「オレの力は水の女神のものだからエルマーにはダメかもって思ってたんだけど、ちゃんと効果があってよかったよ。エルマーは忙しいもんな」

国王や領主との交渉や、次の滞在先への指示などの雑用はすべてエルマーがやっている。おかげで竜真は長々とした挨拶や会食といったものに煩わされることなく、務めにだけ集中できていた。

側にいつもレノックスとアラムがいてくれる。片時も離れることがない二人の存在が、竜真をホッとさせる。レノックスといるのは別の意味での緊張があるのだが、一緒にいたいという気持ちはそれを上回っていた。

レノックスに触れられると胸がドキドキし、落ち着かなくなる。

離れてほしいような、もっと触れてほしいような……なんとも複雑な感情を持て余し、竜真は心中で唸ることになった。

「……でも、いいのかなぁ。一日でも早く回ったほうがいいと思うんだけど」

『数日で終わる旅ならそうかもしれないが、今回は時間がかかる。無理は禁物だ。竜真が行くと言っても、私は聞かぬぞ』

「うーん……」

竜真はレノックスの背中に乗って運ばれるだけだから、レノックスにそう言われるとどうしようもない。

おそらくレノックスは、竜真の心を軽くするためにそんなふうに言ってくれるのだ。竜真からは休みたいと言えないのを察し、強制的に一時帰還することにしたのだろう。

ありがたいと思うし、やっぱり大切にされているとも思う。とても嬉しく、ちょっと気恥ずかしく、そしてソワソワムズムズと落ち着かなかった。

(どうしよう……嬉しい自分が怖い……)

男同士だとか、どうでもよくなってしまいそうで怖い。異世界の住人でなかったら、とっくにレノックスに陥落していたかもしれない。

(レノックスってば、見た目も中身も男前だからなぁ……)

だからこそ困る……なんて思っている間にもレノックスはグングンと最速で進み、すっかり陽が暮れた頃に城へと辿《たど》り着いた。

暗い屋上に降り、階段を使って早足で馴染んだ竜王の居間に入る。

「あー……帰ってきたって感じ……」

匂いが違う。漂う空気が違う。ここは安全なのだと、心配することは何もないのだと感じさせてくれる空間だった。

竜真はお気に入りの長椅子に突進すると、ゴロリと横になって大きく伸びをした。

「んーっ……」

腹の上に乗せた袋からアラムがひょっこりと顔を出し、鼻をフンフンとさせたあと這《は》い出してきた。

「帰ってきたよ～。嬉しい？」

アラムも安全だと認識したからか、ポンと人型になってニパッと笑う。

「うれしー」

裸のアラムのためにレノックスが服を取ってきて、二人がかりで着せる。

「今日から三日間、お休みだって。アラムもがんばったもんねー。明日は、城下町に遊びに行こうか。買い食いしたいし、市場に行きたいし、また芝居も見たいし……」

久しぶりの城で、やりたいことがたくさんある。

いろいろな地方のものをたくさん取り扱っている市場では、見たことのない野菜や果物をちょっと試食させてもらえて楽しかった。

実は、コメがないかなーと、探しているのだ。この世界ではコムギが主流で、今のところコメを見ていない。レノックスとエルマーにも、こんな食べ物だと説明してみたが、二人とも思い当たらなかった。

この世界にいる時間が長くなるにつれて炊きたてのごはんへの欲求が強くなっていて、二周目の雨乞い旅のときには余裕があるだろうから、いろいろな地方の市場に寄り道させてもらおうと考えていた。

「あー、コメ食いたい……うーん、城でご飯食べるの久しぶりだ。今日のご飯はなんだろうね」

「トカゲのシチューがいいー」

アラムの言葉に、遅れて戻ってきたエルマーが笑って言う。

「きっとそう言うだろうと思って、ちゃんと申しつけてありますよ。それに明日の朝食は、フワフワのオムレツです」

「きゃーっ。ありがと」

「どういたしまして」

滞在した城や館では、彼らが考える最高のご馳走《ちそう》を出される。とても美味しくはあるのだが、毎日ご馳走というのは疲れるものだと知った。

だから、馴染んだ味というのは嬉しい。

「トカゲのシチューと、フワフワオムレツ……」

とても楽しみだと、アラムの顔をグリグリ揉みながらじゃれる。

「……あぁ、前菜が届いたようだ。二人とも、食事だぞ」

「はーい」

竜真は起き上がってアラムを抱え、食事用のテーブルへと移動する。

「パンは、私たちの到着を待ってから釜に入れたそうです。焼きたてが食べられますよ」

「やったー。焼きたてパン、大好き」

「だいすきー」

アラムの皿には一口大に切られた料理が載っているから、自分で食べられる。人型になってせっせとフォークを動かし、美味しいを連発した。

昼食を簡単に摘まめるものですませているレノックスとエルマーは、二人の三倍ほどの量をモリモリと食べていた。

この城にいるときのエルマーは食事中も竜真たちの世話係をしているのだが、さすがに今日は空腹で我慢できないらしい。レノックスと二人で、健啖《けんたん》ぶりを見せていた。

そして運ばれてきた、トカゲのシチュー。長時間かけて煮込んだという肉は、トロトロにやわらかくなっている。

「ん〜っ、やっぱり美味しい！」

「おいちーっ」

そこに焼きたてのパンが運ばれてきたので、竜真はアラムにやわらかいほうのパンを渡した。

「熱々だから、気をつけて」

「はぁい」

そのまま食べても美味しいいし、シチューに浸して食べても美味しい。

久しぶりの味に四人揃ってお代わりし、レノックスとエルマーはさらにもう二度ばかりお代わりをした。


「はー……お腹いっぱい。食べすぎた……」

「すぎたー」

シチューのお代わりに加え、焼きたてのパンが美味しすぎて何個も食べてしまったのが胃の中で膨らんでいる気がする。

竜真とアラムが長椅子に横になって腹を擦っていると、レノックスが笑って言う。

「私は先に風呂に入ってくる」

「いってらっしゃーい」

「しゃーい」

二人で手を振って送り、再びふうっと息を吐く。

「調子に乗って食べちゃ、だめだな。ちょっと反省」

「くるちー」

「お代わりは余計だったね」

「だった」

おかげで、せっかくのデザートが食べられなかった。

ナッツがたっぷりの焼き菓子と、食べやすく切られた果物。あとで食べるからと置いていってもらい、テーブルの上に載っているのを恨みがましく見つめる。

「お風呂に入ったら、食べられるかも。食べたいねー」

「ねー」

何しろ、二人の大好物なのである。久しぶりの帰還に、料理長が張りきって腕を振るってくれたのが分かる。トカゲのシチューのトロトロ具合からいって、思いついての帰還ではないのは間違いなかった。

事前に言ってくれればよかったのにと思うが、自分はきっと休みなんていらないと返していた気がする。

実際、そう言った。レノックスとエルマーが大丈夫そうなだけに、自分のための休養というのは申し訳なかったのだ。

レノックスもそれが分かっていたからこそ、最後の最後、もう帰るというときになって教えたのだろう。

（オレってば、理解されてる……）

レノックスがそんなことをするから、竜真は困ってしまうのだ。

結婚を考えるほど本気の相手と付き合ったことのない竜真にとって、レノックスの真摯な愛にどう対応すればいいのか分からなかった。

きっぱりと拒絶できないのが、すべての原因だ。竜真がきちんとその気はないと説明し、愛していると言わないでくれと言えばきっとレノックスは理解してくれる。

御使いという竜真の立場もあるし、節度を持って接してくれるはずだ。

（でも、距離を置かれるのは嫌だ……）

自分はなんてわがままなんだろうと、溜め息が漏れる。

レノックスに愛を返すわけにはいかないし、変に気を持たせるのはよくないと思う。なのに同時に、節度なんて持ってほしくないとも思ってしまうのである。

（オレ、ホント、わがまま……なんなんだよ。おかしいだろっ）

グルグルとそんなことを考えていると、レノックスが笑みを浮かべて声をかけてくる。

「風呂、空いたぞ。入って、さっぱりするといい」

「うん……」

風呂上がりのレノックスはしっとりとしていて、男ぶりにも磨きがかかっている気がする。

なんともいえない色気を漂わせ、竜真を動揺させた。

（やっぱり、反則な気がする……）

妙に気恥ずかしくて、目が合わせられない。

竜真は視線を泳がせながら起き上がり、アラムを抱いてそそくさと風呂に向かった。顔が赤くなって、体が熱い。

（うー、オレ、おかしい）

心だけでなく、体もレノックスに反応し始めている。もうごまかしようがないほど、レノックスに惹かれていた。

それから三日。結局、一度城下町に遊びに行っただけで、あとはひたすらのんびりとした時間を過ごした。

アラムと遊び、絵本を読み聞かせ、心尽くしの料理やオヤツを食べる。

エルマーは忙しそうにしているが、竜真とレノックスはのんびり過ごさせてもらった。

竜真が人の気配に疲れているのが分かるからか、竜王の居住階に出入りするのは見慣れた面々だけである。

エルマーと、数人の使用人。さすがにこの階への出入りを許されているだけあって、みな穏やかな気配の持ち主ばかりだった。

お茶だお菓子だと世話をされながらグダグダするのは、リラックスできる。レノックスも気を抜いて、ポカポカと気持ちのいいラグの上で一緒に昼寝をしたりした。

群を抜いて強い竜王と水の女神の御使いとはいえ、旅先では何が起きるか分からない。自分では気がつかなかったが、ずっと気を張っていたのだと改めて実感させられた。

レノックスの強さに頼り、アラムの存在に癒やされる——旅先での緊張がレノックスへの依存度を増し、側にいてくれないとソワソワした。

それが習い性になってしまったのか、城に戻ってもレノックスが離れると落ち着かない。そのため、入浴のとき以外はずっと一緒だ。

アラムが無邪気に一緒に入ろうとレノックスを誘っても、ダメッと言ってそそくさとアラムを抱えて浴室に行く。

恋愛対象として意識している相手と、さすがに裸の付き合いは無理だ。

裸を見られるのも、レノックスの裸を見るのもとんでもない。

(反応したら、怖いじゃないかっ)

自分は同性愛者ではないというのが、レノックスに惹かれそうになる心のストッパーの一つになっているのだから、下半身が反応するのは非常にまずい。

日本人の感覚では大男というのがふさわしい長身で、体格もしっかりしている男——そんな相手に反応するのは怖すぎる。

(ありえないはずっ。そりゃあ、見とれるようなナチュラルシックスパックだけどさ)

自分が目指す理想の体型なので、ついうっとりしてしまうのは仕方ない。レノックスほどの美形には慣れていないし、駄々漏れの男の色気に顔が赤くなったり、体が熱くなったりするのはきっと竜真だけではないはずだと思った。

美しく整った顔で、黄金を溶かしたような瞳で熱く見つめられれば、どんな人間だってのぼせ上がるに違いない。

（人外レベルの美形の威力、半端ねー）

そんな美形に言い寄られて、こんなにがんばっている自分はすごいと自画自賛する。陥落したくなる気持ちを無理やり押さえつけるために毎日必死だった。

★★★

休養という名にふさわしい三日間を過ごし、竜真たちは再び旅に戻る。

もう連絡はしっかりと行き渡っているから、どの町や村でも滞りなくスムーズに雨乞いを進めることができた。

各地で大歓声を受けつつ、務めをこなす日々。

熱烈な視線にも少しずつ慣れ、気にしないように意識を逸《そ》らすのがうまくなっていった。

機転を利かせたエルマーによって水瓶にはすでに水が入れられ、どの村にも今までのような悲愴感《ひそうかん》はない。だから竜真に向けられる視線からも必死さは薄れていた。

竜真がするのは雨乞いと、弱々しくなった井戸の水脈に力を取り戻させること、水瓶の水に女神の恩恵を含ませること。

水を補給するために各地を回っていた水竜たちも、役目を終えて順次城に戻っているらしい。

竜真がこの世界に雨を降らし終えるにはまだ時間がかかるが、水瓶のおかげで水の枯渇《こかつ》の心配はなくなった。

各地を訪問し、先に進むたびに、畑に緑が増えている。ちゃんと水をもらっているからか、小さな芽や葉は生き生きとしていた。

誰もが、最悪のときは過ぎたのだと、もう大丈夫なのだと胸を撫で下ろしている。

明るい雰囲気は伝播し、竜真も気が楽になったが――……。

竜真が来ておとなしくなった太陽の動きが、また少しずつ活発になっているのが気にかかる。

今のところは巨大フレアがなく火竜たちも一息つけているが、不穏な気配を見せ始めているらしい。

竜真の目では見えない炎の帯やコロナを、ときおりレノックスとエルマーが心配そうな様子で見ているのを知っていた。

異世界の住人である水の女神には抑えられないという、太陽の暴走――竜真には何も起きませんようにと祈るしかできなかった。


竜真はこの日、なぜか朝から落ち着かなかった。

そもそも、妙な胸のざわめきに目が覚めたのである。

ムクリと上体を起こし、なんだろうと眉根を寄せていると、レノックスが起きて声をかけてくる。

「どうした？」

「別に……なんか、落ち着かないだけ。なんだろうな？　こう……ザワザワする」

「嫌な感じなのか？」

「うーん……そうかな？　そうかも。いい感じはしないし、胸騒ぎ的な？　女神の影響なのかなぁ。オレ、そういうの鈍いほうなんだけど」

「女神の胸騒ぎか……」

「ちょっと不吉だな。気をつけよう」

「そうだな。今日は休むか？」

「何が原因かも分からないのに？　オレの胸騒ぎに根拠はないし、閉じこもってればいいっていうものじゃないかもだぞ」

「それはそうだが……」

二人で話をしていると、アラムが目を開いてうーんと伸びをする。

人型を取って、目を擦りながら「おはよ」と挨拶をしてきた。

「おはよう。お腹、空いた？」

「すいたー」

「じゃあ、早速、朝ご飯だな」

竜真が枕元の紐を引っ張ると、エルマーが駆けつけてアラムを抱き上げる。

「おはようございます。今日もいい天気ですよ。少々、太陽の動きが不穏ですが」

「太陽が？」

「竜真様がいらしてくださってから、ずいぶんとおとなしかったのですが……今日は、炎の帯がいつもより多く舞っています」

その言葉にレノックスと竜真はバルコニーに出て、空を見上げる。

「いつもより明るい……かな？　オレにはよく分からない」

竜族のような、特別な目は持っていない。竜真には眩しくてよく見えない太陽だが、レノックスたちにはプロミネンスやコロナまで見えているらしい。巨大フレアが起こった際に吹き飛ばされる小惑星帯の小さな岩まで見えるとのことだから、やはり竜族の目は特別製だ。

「……なるほど、確かに動きが活発だ。まるで竜真が来る以前のように、炎が激しく踊っているな。竜真の胸騒ぎは、これか」

「嫌な感じか？」

「ああ。こうも活発だと、また巨大フレアが起きるかもしれない。こちらに隕石が飛んでこないといいのだが……」

旅も長くなってくると、太陽フレアに吹き飛ばされた隕石とやらがもたらした被害を何度も目にすることになる。

大穴が開いた大地に、抉《えぐ》れた山……破壊され、打ち捨てられた村。

中には再建中の村もあって、火竜がその巨体を生かして協力していた。

「太陽の暴走、どうやって止めるんだろうな。水の女神、教えてくれればいいのに」

夢の中で何度ねだっても、ダメの一言なのである。この前などは、しつこいと蹴り出されてしまった。

どうやら女神の関心はレノックスとの仲にあるようで、惚れられて満更でもないのだろうとからかわれて困る。

竜真が男同士だぞと訴えても、自分の好みであるレノックスと竜真の組み合わせは美しくていいとご満悦だった。

「女神には女神のお考えがあるのだろう」

「あー……うん、そうだな」

今の竜真のビジュアルのせいで、レノックスたちは水の女神をとても美しく嫋やかな美女だと思っているらしい。

否定はしないし、そのとおりだとも思うが、同時にがさつでわがままな俺様だぞ……とも思う。もちろんそんなことを口にすれば額飾りが締まって痛い目に遭うから、レノックスたちの幻想は守られていた。

「まぁ、うだうだ考えても仕方ない。オレたちは、オレたちのできることをやるだけだ。腹ごしらえをして、出発しよう」

「そうだな」

アラムはエルマーが世話をするために連れていったので、竜真とレノックスは水で顔を洗い、髪を梳《と》かし、服を着替える。

「…………」

「…………」

安全上の問題で同じ部屋だが、やはり着替えを見られるのは恥ずかしい。

レノックスもさり気なく背中を向けてくれているから、竜真は急いで寝着を脱ぎ捨て、用意されていた服を着た。

旅先だというのに、相変わらず豪奢な刺繍の入ったヒラヒラの美しい衣装である。

エルマーの指示によって、火竜が先回りして準備してくれているらしい。

竜真は旅の途中なのだからもっと簡素なものでいいと言ったのだが、御使いとして回る以上、それなりの衣装でないとと言われたのである。

水竜とは違う神秘的な髪の色と、女神好みの華奢な美少年というのは、御使いとして人々に崇められやすい。雨に打たれても濡れることのない竜真とレノックスたちは、やはり人間とは別の存在だった。

着替えた二人が寝室を出ると、すでにパンとスープと果物が用意されていた。

身支度をすませたアラムも連れてこられて、子供用の椅子に座らされる。

「おなかすいたー」

「はい、どうぞ」

アラムにパンを握らせると、勢いよく齧りつく。長旅にもかかわらずアラムはいつでも元気いっぱいで、ホッとさせられた。

レノックスとエルマーはこれからに備えてモリモリ食べているし、いつもどおりの日常だ。

（あの胸騒ぎは、なんだったのかな～）

今は、もう感じない。落ち着かない感じはまだ残っているのだが、朝のときのような強烈なものではなかった。

女神になぜなのか聞いてみたいと思うが、今からまた寝直すのもどうかと思う。それにこの世界は女神の世界ではないので、分からないことも多いという。

結局何もできず、しっかりと朝食を摂ってから国王の城を飛び立った。

竜王の領地ほどではないとはいえ、城下町はどこもやはり大きい。昨日、城に到着した際に竜真が降らせた雨はすでにやんでいて、町全体がしっとりとした女神の気に満ちていた。

竜真にとっては肌に優しく感じるそれを吸い込みながら、村とは比べものにならないほどあちこちに設置された水瓶に気を注いでいく。井戸の水脈を満たす。

大急ぎで回ってもなかなか大変で、水瓶はパスできないかな～などと考えてしまった。

雨乞いと井戸だけなら、それほど大変ではないのである。

けれど女神の恩恵が混じった水は普通の水より栄養があり、人も大地も元気にしてくれるらしい。弱りきったこの世界には、その恩恵が必要だった。

だから面倒だなと思っても、水瓶の一つ一つに気を注いで回る。

何十もあるそれが終わると、ホッと胸を撫で下ろした。

激しく感謝されながら城下町をあとにし、次の村へと向かう。

そして同じことをして回ったあとで作ってもらっていたサンドイッチを摘まみ、ろくに休むことなく次へと飛び立つ。大変な強行軍なので、昼食のあとアラムはさっさと袋の中に潜り込み、丸くなって眠っていた。

アラムの眠りは深く、多少のことでは起きない。声をかければ別だが、そうでなければ竜真が動いていても気にしなかった。

それなのに――……まだ眠りに入ってそう経っていないアラムが袋から顔を出したと思ったら、慌てた様子でキョロキョロしている。

どうしたのか聞こうとしたそのとき、太陽が巨大フレアを起こした。

距離が遠いから、音が聞こえたわけではない。

衝撃波が届いたわけでもない。

しかしその瞬間、案内人を除いた全員が、頭上にある太陽を振り仰いだ。

「――っ⁉」

巨大な紅炎が太陽から噴出しているのが見えたという。そしてそれは惑星群と衝突し、火の玉と化した隕石が広範囲にわたって降り注いでくるらしい。

レノックスは喉を震わせ、オオーンと吼えて竜族たちに警告した。

「私たちも逃げるぞ！　ここは危険だ‼」

それがどれほど危険な状況なのか、レノックスの様子を見れば分かる。グンと加速したと思ったら、今までにないほどの速さで飛んでいた。

小さな隕石が地面に大穴を開けた跡を見ている竜馬は、当たったらただではすまないと怯《おび》える。

震えながら必死でレノックスにしがみついていると、本当に大量の隕石が降ってきて、地表に落ち始めた。

人の頭ほどありそうなものから、小石ほどのものまで、大小様々な火の玉である。たとえ小石ほどでも、この勢いで直撃すれば人間などひとたまりもない。

レノックスも当然それに気づき、右に左にと目まぐるしく移動して襲いくる火の玉を避ける。

小さなものでも竜真に当てるわけにはいかないと、必死になって激しく動き回っていた。

しかし、あまりにも数が多すぎる。すべてを避けるにはよほどの幸運が必要であり、ついには逃げた先にもたくさんの隕石が迫っているという状況になってしまった。

避けきれないと判断したレノックスは、竜真たちを守るためにクルリと反転して正面で火の玉と化した隕石を受け止めた。

「レノックス‼」

竜のウロコは、恐ろしく硬い。水の膜で竜真たちごと覆い、防御もしている。だが水の膜は大気との摩擦熱によって火の玉となった隕石に触れて蒸発し、硬いウロコは割れて剥《は》がれ落ち、レノックスは大怪我を負って地上に落ちていった。

それでも竜真とアラムを守るため、気力を振り絞り、落下ではなく着地してくれた。慌ててレノックスの背中から飛び降りた竜真は、レノックスの怪我した箇所を見る。

「ひどい……」

硬いウロコに守られた体内に、隕石のかけらが穴を開けて入り込んでいる。竜のウロコのおかげでレノックスはなんとか生きているが、危険な状態なのは一目で分かった。

「あ……」

全身の血が、一気に足元まで下がったような感覚がある。

目の前が真っ暗になり、倒れそうだと思ったが、今はそんな場合ではないと気力を振り絞った。

「あっ、あ、どうしよう……治療……治療しなきゃ……」

幸いにして、竜真には水の女神から授けられた癒やしの力がある。

今のところマッサージくらいにしか利用していないが、きっとなんとかなるはずだ、なんとかしなければと自分を鼓舞する。

まずは、体内に入り込んだかけらを取り出さなければいけない。

竜真は苦しそうに呼吸しているレノックスに声をかけた。

「レノックス、ごめん。かけらを取り出すから痛いと思うけど、少し我慢して」

「……………」

返事はない。声を出せないほどの重傷であり、意識があるかも分からなかった。

いっそ気絶していたほうが楽かもしれないと思いながら、竜真はレノックスの腹に開いた穴に手を突っ込む。

「うっ……」

慎重に、だがなるべく手早くと、竜真は奥をまさぐっていく。

「あった……」

指先で掴んだ、硬い感触。レノックスの本能が、高温だったそれを冷やして触れるくらいのものにしていた。

竜真の手首まで入る穴がレノックスの体に開いている事実に頭がクラクラするが、竜真は大丈夫大丈夫と呟きながら隕石のかけらを取り出した。

自分に言い聞かせているのか、レノックスに声をかけているのか、それともキューキュー鳴くアラムに言っているのか、自分でも分からない。ただ、大丈夫と言っていると、少し落ち着く気がするのだ。

だから竜真は、大丈夫と呟き続けながらレノックスの傷に手を当てて力を注いだ。

「かけらは、もう取ったんだから……治れっ。大丈夫、大丈夫だから、治ってくれ……」

だが、レノックスの怪我はあまりにもひどすぎる。何しろ竜真の手首まですっぽり入るほどの穴が開き、臓器を傷つけているのである。

竜真が一生懸命力を注いでも、瀕死の際にあるレノックスの状態はよくならない。レノックスの呼吸は弱く、今にも止まってしまいそうで怖かった。

竜真は不安でいっぱいで、目からは涙が零《こぼ》れ落ちる。

レノックスは竜王としてとても強く、いつも竜真を守ってくれた。体だけでなく、心もだ。この世界で無敵だというレノックスに竜真も頼り、その長命さも聞いていたので、レノックスが死ぬなんて考えたこともない。だが目の前のレノックスは瀕死で、竜真は死んじゃ嫌だと胸が締めつけられた。

「レ、レノックス……死なないで……好きなんだ……好き……好き、だから……」

失いたくない、一緒にいたいと、泣きながら怪我をした部分に手を当て、必死で癒やそうとする。

だが、どう見ても怪我は致命傷だ。普通なら即死していてもおかしくない。

「なんで……なんで、治らないいんだよっ。オレ、癒やしの力、あるのに……かけらも取ったのに……」

怪我がひどすぎるのだと、思いたくない。

レノックスが死ぬなど、考えるのも嫌だった。

レノックスが好きなのだ。元の世界に戻るからという理由でレノックスの求愛を退けていたことを、激しく後悔した。

竜真はすでに、レノックスを愛してしまっている。務めを終えて元の世界に戻ったとしても、もう以前の竜真には戻れない。

心の一部をこちらに残したまま、レノックスを想って泣きそうだ。どちらの世界を選んでも、後悔はあるのだと今なら分かる。

生まれ育った世界には家族や友達がいるし、この世界にはレノックスやアラムがいる。どちらも大切であり、捨てることなどできない。

だが、どちらか一つを選ぶしかないとしたら、愛する人を取る。レノックスとの別れをまざまざと感じさせられて、初めて失えない相手なのだと気がついた。

このまま、レノックスを死なせるわけにはいかない。

竜真はレノックスの怪我に手を当てたまま、空に向かって怒鳴りつける。

「水の女神、レノックスを助けろよ！　オレに褒美を寄越すつもりがあるんなら、前払いしろっ。……お願いだから、レノックスを助けてくれ……」

竜真の必死の叫びと、心からの嘆願。

それに応えるように竜真の額のサファイアが強烈な光を放ち、レノックスの体を包み込む。金がチラチラと舞う青い光はレノックスに開いた穴から体内に入っていき、見る見るうちに穴が塞《ふさ》がっていった。

瀕死で虫の息だったレノックスの呼吸が少しずつ深くなっていく。ゆっくりと目が開いたかと思ったら、上体を起こせるまでになった。

「レノックス！　まだ動かないほうがいい」

『あ……ああ……いや、もう大丈夫なようだ……』

その言葉とともに人型になったレノックスは、戸惑った表情で自分の腹のあたりを見下ろした。

「痛みが消えた……もうなんともないらしい。これが女神の力か？」

「そうみたいだ。ああ、よかった……本当に」

竜真が思わずレノックスに抱きつくと、レノックスも優しく抱きしめ返してくれる。

危うく失いそうだった彼の広い胸と、力強い腕。

竜真は思いっきり息を吸い込み、レノックスの匂いを堪能する。

「ああ、レノックスだ……よかった……」

「竜真……私が死にかけているとき……私のことが好きだと言わなかったか？」

「言ったよ」

頭の上で、レノックスが息を呑み込むのが分かった。

竜真は微笑み、顔を上げてレノックスを見つめる。

「レノックスが好きだって、言った。レノックスは、まだオレのことを好きだって思ってくれてるか?」

「もちろんだ。未来永劫……たとえ竜真が自分の世界に戻ろうとも、竜真を愛し続けると誓う。竜真しか、目に入らないんだ」

様々な考えを取り払って自分の一番の望みを知ることができた竜真は、素直にそれを嬉しいと思う。愛に愛を返せるのは、なんて素晴らしいんだろうと喜びが込み上げた。

「オレも、レノックスが好き。レノックスを愛してる。オレは、ずっとレノックスと一緒にいるよ。もう、元の世界には戻らない」

「それは――……だが、いいのか?　本当に?」

竜真の背中に回されていた手にグッと力が籠もり、微かに震えている。

ずっと竜真に、愛を告げてくれていたレノックスである。愛を返されて歓喜のまま突き進まないのは、きっと竜真のためだ。竜真がいっときの感情に流されているのではないかと心配しているのだろう。

たとえ竜真のためでも、竜王であるレノックスはこの世界を捨てられない。だからこそ竜真が自分の世界に戻らないという言葉の重みを、誰よりも分かってくれていた。

そんなレノックスだから、竜真も好きになったのである。

竜真は笑い、それからレノックスの頬にソッと触れる。

完璧な顎のラインやスッと通った鼻筋、怖いほど煌《きら》めく金色の瞳。持って生まれた強靭《きょうじん》で美しい体躯。

可愛いタイプの女の子が好きだった竜真だが、今や胸がときめくのはレノックスだけだ。いつの間にか失えない、かけがえのない存在になっていた。

それに、アラムやエルマー、追いつめられたこの世界の人々……元の世界よりこちらの世界のほうが竜真を必要としているのは明白だった。

会社に行き、ジムに通い、漫然と過ごしていた日々より、大変でも今のほうが充実している。

誰かに強く求められ、必要とされるのは、とても嬉しいことだった。

遠い異国の地に自分の存在意義を求めて、骨を埋めた日本人は少なくない。竜真も、そのうちの一人になるだけだ。

そう考えれば気が楽になって、レノックスと生きていきたいと思えた。

「レノックスを愛してるから、ここにいる。ずっと一緒に、レノックスと生きていくんだ」

「竜真……」

グッと力強く抱きしめられ、レノックスの顔が近づいてくる。

触れる唇。

自然と開いた口唇にスルリとレノックスの舌が入ってきて、竜真の口腔内を刺激する。ヌメヌメとした感触が気持ち良く、ゾクリとした感覚が走った。

(甘い……)

気のせいかもしれないが、レノックスの唾液が甘くて美味しく感じられる。

だからついそれを求めて、竜真も積極的に舌を動かしてしまった。

「……ん、ふっ……」

夢中になってキスをしていると、袋の中から這い出したアラムが、パタパタと羽を動かしながらズボンをよじ登ってくる。

『りょーま、にいちゃのおよめさん?』

嬉しそうにそんなことを言われ、竜真とレノックスはハッと我に返った。

そういえばこの場にはアラムがいたのだと、アワアワする。

隕石のかけらから逃げ惑っているうちに別々になっていたエルマーもいつの間にか駆けつけてきていて、驚いた表情で竜真のほうを見ている。

レノックスとの初めてのキスがディープなもので、しかもまだ子供のアラムやエルマーたちの前でというのはいたたまれなかった。

恥ずかしさにカーッと全身が真っ赤になる竜真だが、レノックスは竜真の肩を抱いてアラムに言う。

「そうだ。竜真が私の愛に応えてくれた」

「わぁ」

「おめでとうございます」

「おめでとうございます」

無事だったらしいエルマーと案内人も、祝福ムードである。

エルマーはよかったよかったと大喜びだし、案内人も御使い様と竜王様がと感動している様子だった。

「ううっ……いたたまれない気持ち……」

竜真が体を小さくしていると、レノックスが笑って髪にキスの雨を降らせる。

「こんなことがあったし、今日は大事を取って城に戻ろう。竜真を休ませたい」

「いや、オレよりレノックスだろ。体に隕石のかけらが直撃して、死にかけたんだぞ」

「ああ。お互い、大変だったな。城に戻って、二、三日休養しよう」

「うん……そのほうがいい気がする」

レノックスが死にかけたことへの衝撃は大きく、今も動揺は治まっていない。このまま務めに戻れるとは思えないし、レノックスもそれは同じだろうと思った。

竜真はアラムを袋の中に戻して、レノックスの背中に乗る。

エルマーは案内人を帰してからとのことなので、一足先に城に戻ることにした。

フワリと飛び上がると、つい太陽を振り仰いでしまう。

竜真の目に、太陽の動きは見えない。今も暴れ、フレア発生の危険があるのかもしれないと思うと、ブルリと体が震えた。

『竜真?』

「あ、ああ……太陽、大丈夫かと思って……」

『フレアを起こしたからか、少し落ち着いたようだ。今は大丈夫だろう』

「そっか……よかった」

フレアの被害の跡を見るのと、実際に体験するのはまったく違う。あんなにもすさまじく、恐ろしいものだとは想像が追いついていなかった。

地表のあちこちに開いている大小様々な穴を見れば、衝撃の大きさが分かる。レノックスの硬いウロコがなければ、竜真は衝撃で死んでいた可能性もあった。

また落ちてきたらと思うと怖くてたまらず、レノックスが大丈夫と言ってくれたことで少し安心できる。

怯え、震え上がっている今は、安全な竜王の城に戻りたくてたまらない。

また巨大フレアが起こり、隕石が襲ってきたら、再度レノックスが大怪我をするかもしれない。今度こそ、女神の助けも間に合わないで即死するかもしれない。だからこうして空を飛んでいるのが、怖くて仕方なかった。

それゆえ最速で城へと向かい、屋上に降り立つやいなやレノックスは人型となり、竜真の肩を抱きながら階段を下りていった。

馴染んだ居間へと入り、竜真は大きく息を吐き出す。

「ふう……」

火の玉と化した巨大な隕石が降ってくれば、この城だって破壊されてしまう。そう分かっていても、馴染んだ場所は心に安寧をもたらしてくれた。

もう大丈夫なのだと、肩から力が抜けて緊張を解くことができた。

「なんか……疲れた……」

お気に入りの長椅子に座り込み、ゴロリと横になると、レノックスが膝枕をしてくれる。アラムも袋の中から這い出てきて、竜真の胸の上でグテッと突っ伏した。

竜王の突然の帰還に、留守役だった火竜が飛んでくる。

「突然のお帰りですが……何かございましたか？」

「ああ、隕石の飛来に出くわした」

「お、お怪我は⁉」

「大丈夫だ。何か、甘いものを持ってきてくれ」

「はい」

ほどなくして用意されたお茶と焼き菓子、それに剥《む》かれて食べやすく切られた数種類の果物。

美味しそうなそれに竜真はムクリと起き上がり、フォークを掴んでまずはアラムに与えると、自分も食べ始めた。

「はー……美味しい……」

「おいちー」

いつの間にか溜まっていた旅の疲れと、先ほどの衝撃……竜真はしみじみと無事に帰れた幸せを噛み締める。

焼き菓子に手を伸ばしているレノックスは、左手で竜真の髪を撫でていた。

竜真のほうも、レノックスに凭《もた》れるようにしてくっつく。気持ちを確かめ合ったばかりの恋人同士なので、その存在をより近くで感じていたかった。

肩を抱かれてますますくっつき、レノックスの体温を感じる。

焼き菓子や果物を食べていると、エルマーが遅れて到着する。

「ただいま、戻りました。先ほどの現場には火竜たちを派遣して、復旧作業に取りかからせます」

「ご苦労。今日はいろいろあって、大変だった。エルマーも疲れたろう。夕食まで少し休むことにしよう」

「そうですね。アラム様、お昼寝ですよ～」

「キュッ?」

「今日は、エルマーと一緒に寝ましょうね」

「キュキュッ！」

何やら嫌だと言っている様子だが、まだ小さな仔竜にすぎないアラムは、エルマーに抱えられて連れていかれてしまった。

「ギューッ‼」

「すっごい、文句言ってる」

「言っているな」

エルマーの腕の中でビチビチと暴れているアラムを見送り、竜真とレノックスはクスクスと笑う。

「エルマーは気を利かせてくれたらしい」

「……だな」

何しろ、竜真とレノックスが愛を告白し合う場にいた目撃者である。ニコニコと嬉しそうに祝福していたことから、二人の仲を歓迎しているのが分かる。

レノックスは竜真をギュッと抱きしめ、顎を掴んで目を合わせられた。

「……先ほどの言葉は本気か？　私が死にそうだったから、同情して言ったのではないか？」

「まさか。同情で好きだなんて言わない。元の世界に戻らないなんて、同情じゃ言えないよ。オレはちゃんとレノックスが好きだから……愛しているから、一緒に生きていきたいって思ったんだ」

「そうか……」

短い言葉に万感の思いが込められている。

「……」

「……」

どちらともなく顔を寄せ、唇を触れ合わせる。

先ほどの甘くて気持ちのいいキスを求め、口唇が開いた。

「んっ……」

やっぱり、レノックスの唾液は甘い。なめらかな舌先に舌を取られ、夢中になって絡める。

キスをしながらレノックスの手が首筋を撫で、肩を這い、腰から尻にかけてを撫でさする。

ゾクゾクとした感覚が背筋を駆け抜け、竜真はブルリと身震いした。

「くぅ……あ……」

それを合図にレノックスの唇が離れ、竜真はつい追いかけてしまう。

しかしレノックスは長椅子から立ち上がると、竜真の体を腕に掬い上げた。

向かう先は、竜王の間である。眠るのはいつも花嫁の間のほうだから、竜真がこの部屋に入る機会はあまりない。

対の部屋だけあって、間取りもベッドの大きさもよく似ている。内装はさすがにこちらは男性的で、レノックスの雰囲気にもよく合っていた。

レノックスは竜真をベッドに下ろすと、どこか不安そうに聞いてくる。

「……いいか？」

愛を告げ、熱いキスで盛り上がっているのに、わざわざ聞いてくるレノックスが愛おしい。

いくら竜真が言葉で好きだと言っても、なかなか信じられないようだった。

竜真は手を伸ばしてレノックスの頬に触れ、形のいい唇をなぞる。

「レノックス、オレが欲しいか？」

「欲しい」

「オレも、レノックスが欲しいよ。だって、愛してるんだからな」

竜真のほうからレノックスを強く抱きしめ、それから腕を引っ張ってベッドに上げる。

すぐにまた、唇を塞がれた。

「ふぅ……んっ」

感情のまま貪るようなキスをしていると、足に触れるレノックスのものが反応しているのに気がついた。

竜真はレノックスの長身で逞《たくま》しい体躯を思い、竜族ということを考え、その一物に大いなる不安を覚える。

男同士でセックスする場合の受け身がどう考えても自分だろうと思うと、無理なんじゃないかと怯えてしまった。

そもそもレノックスへの気持ちを認められなかったのも、受け身は嫌だとか、レノックスの体格に不安を覚えたからというのも大きい。

レノックスによってベッドに横たえられた竜真は、激しく動揺しながら言う。

「オ、オレ、男とするの、初めてなんだけど！」

「そうか……私も男相手は初めてだが、やり方は知っている。助けになるものもある」

そう言ってレノックスがサイドテーブルの引き出しから取り出したのは、ガラスでできた小瓶。中には金色の液体が入っている。

「潤滑剤となる香油だ。エルマーが気を利かせてくれたらしい」

「エ、エルマーめ……」

レノックスの世話係だったエルマーには、レノックスの気持ちは筒抜けだったようだ。

先ほど、嫌がるアラムを連れていったことからも、二人がこうなるのが分かっていた気がする。

「歴代の花嫁の中には、竜真と同じくらい小柄な方もいた。大丈夫だ」

「小柄……」

そういえば自分は、華奢でひ弱だった頃に戻っているのだと思い出す。

鏡を見ないように生活しているので、頭の中の自分は美マッチョのときの姿だった。

今の竜真は以前より十センチ以上背が低くなっているし、線も細い。本気で大丈夫か心配になってきた。

「ちょっ……本当か？　本当に大丈夫か？　今のオレ、お前との体格差、めちゃくちゃあるぞ⁉」

「受け入れる気持ちがあれば、体はやわらかくなるものだ。万が一竜真を傷つけそうであれば、私は途中でもやめるから安心していい」

「途中でやめるって……そんなこと、できるのか？」

興奮し、高ぶった自身を入れている途中でやめるのは、無理じゃないかと思う。本能と欲望とに突き動かされているとき、理性がどれくらい役に立つか疑問だ。

しかしレノックスは、強い意思を見せてきっぱりと断言する。

「私の欲望より、竜真のほうが遥かに大切だ。竜真を傷つけると思えば、どんなに強い衝動だろうと抑え込んでみせる」

「レノックス……」

欲望のまま突き進んで竜真が傷を負ったりしたら、腹を切る覚悟くらいありそうだ。

竜真はジンと胸が熱くなり、レノックスにギュッとしがみつく。

「ありがとう……好きだ」

不安も恐怖も捨てて、レノックスの下肢に手を伸ばす。

立ち上がりかけているものに触れてみると、それはピクリと震えて体積を増した。

(デカい……)

想像していたより大きいし、これはまだ完全に立ち上がったわけではない。

(や、やっぱり、無理かも……無理だったら、手でやろうかな? 最初から口は無理……素股とかどうだ?)

成人男性として一通りの経験と知識を持っている竜真は、それだけに途中でやめるつらさが分かる。だから内心で冷や汗を流しながら、本当に無理だったときのために自分にできる代替案を考えた。

むにむにと揉んでいるとどんどん大きくなっていくが、嫌悪感はない。むしろ、反応してくれて嬉しいと感じる。

本当に同性が無理ならこの時点でダメだと思うので、もっとと感じるなら大丈夫なはずだ。

「そんな誘惑をすると、どうなっても知らないぞ」

「無理だったら、我慢してくれるんだろ?」

「もちろんだが……自信がなくなるな。竜真の手でまさぐられるというのは、たまらないものがある」

「そっか……」

それは嬉しいと、動かす手にも気合いが入ろうというものだ。

「このっ……なんていけない子だ」

「背徳的な言い方だなぁ」

竜真の今の姿は、この世界の住人にとって子供に見えるらしい。

竜真の印象では、高校に入学したばかりくらいのときかな……という感じなのだが、体格のいいレノックスには十二、三歳くらいに見えるとのことだった。

中身は二十六歳の成人男性だと告げてあるが、どうも見た目に惑わされるらしく、過保護なところがある。

竜真のほうもまわりの対応やレノックスへの甘えから、以前より少し言動が幼くなっている自覚があった。

「オレ、ちゃんと二十六歳だからな。子供じゃないぞ」

「ああ。忘れがちだが、ありがたい。子供に手を出すわけにはいかないからな」

「だよなー」

笑い合いながら、互いの服に手をかけて脱がせる。レノックスと違って竜真はもたついてしまったが、なんとか脱がせることに成功した。

真っ先に見るのは、穴が開いてしまったあたりだ。

けれど裸になったレノックスの腹部には、先ほどの大怪我を思わせる痕跡が何もなかった。

竜真の拳より大きな穴が空いたというのに、不思議なものである。

「……傷は、大丈夫なのか？」

「ああ、なんともない。女神の御業は素晴らしいな」

「そっか、よかった……」

「竜真とアラムを守ることができたし、あの怪我のおかげで竜真に好きだと言ってもらったことを考えると、逆に幸運だったかもしれない」

「そんなこと言うなよ。オレは泣きそうだったんだからなっ。……っていうか、泣いてた気がする……すごい怖かった……」

「すまない。不謹慎だったか。だが、嬉しくて仕方がないんだ。竜真がこうして、私の腕の中にいる……私のものになってくれる……私にとっては、幸運以外の何ものでもない」

そして竜真の裸体を惚れ惚れと見つめる。

「なんて華奢で、美しいんだ……」

「むっ。これは、オレが弱々だった頃の姿だ。本当はもう少し背が高くて、筋肉もちゃんとついてたんだからな」

「女神の好みで、今の姿にさせられたんだったな」

「そうだよ。ひどいだろ。こんな軟弱な頃のオレは、好きじゃないのに」

「だが、とても美しいぞ。私にとっては、これが竜真の姿だ。だが、もう少し背が高くなって、筋肉がついたところで、竜真は竜真だ。変わらず愛する自信がある」

「レノックス……」

女々しくも美しい姿だから好きなわけではないのだと言われ、竜真は感動する。長年抱えていたコンプレックスが溶けてなくなっていくような気がした。

どんな姿でもいいのだと言ってくれる人に巡り合えたのは幸せなことだ。

竜真は喜びにレノックスにしがみつき、唇を合わせた。

「……ふ、ん……」

熱く、甘いキス。すでに障害物となる服は脱ぎ捨てられ、素肌をレノックスの手が触れていく。

胸の突起を指で捏ねくり回されると、ヒクリと腰が跳ねた。

「あ……なんか……」

男でもそこで感じるというのは聞いていたが、実際にいじられるのは初めてだ。それが快感なのかは分からないものの、ゾクゾクと鳥肌が立つような感覚とともに体が熱くなっていくのを感じた。

（オレ、反応してる……）

キスになのか、それとも乳首への愛撫《あいぶ》になのか——……竜真のものは元気に立ち上がっている。

どうにもムズつく体を持て余して足を擦り合わせると、今度は急所を掴まれてしまう。

「ああっ」

大きなレノックスの手に包まれ、やわやわと揉まれて、一気に熱が高まる。

考えてみると異世界に来てからすでに二ヵ月くらい経っているはずだが、一度も自慰していない。ずっとアラムと一緒にいたし、環境の激変でそれどころではなかったのだが、若い体は溜まっているはずだった。

「あっ、あっ……んうっ」

先端から溢《あふ》れた雫《しずく》がレノックスの手の動きをなめらかにしていて、竜真は身悶《みもだ》えさせられることになる。

全身を赤く染め、ベッドの上で乱れる姿をレノックスが見ている。

唇は顎や首筋を伝い、尖らされた乳首に吸いつかれた。

「ん！　あ……ふぅ、んんっ……」

二ヵ所を同時に攻められると、竜真はそう持たない。キュキュッと先端を扱《しご》かれることで、いともあっさり達してしまった。

「……あぁっ！」

早すぎる、情けないなんて思いながらはぁはぁと荒い呼吸を繰り返していると、尻の割れ目を指で撫でられる。

「ひあっ⁉」

竜真の精液と、金色の香油とが塗られた指が入り口をグニグニと揉み、スルリと入り込んでくる。

「うーっ」

思っていたのと違って痛くはないが、異物感は大変なものがある。

無意識のうちに力が入ってしまって締めつけると動きが止まり、力が緩むとまた進んでくる。

根元まで入ったと思ったらゆるゆると動きだし、竜真はうわっとかひあっと妙な声を出してしまった。

合間に香油を追加されているせいか、動きはなめらかだ。意外と平気かも……と思ったところで二本に増やされ、ううっと呻《うめ》くことになる。

「痛いか？」

「痛くは、ない……」

「つらい？」

「んっ、ちょっとね……なんというか、異物感が……」

「それは我慢してもらうしかないな」

痛くないと聞いて安心したのか、レノックスの声に少し余裕が見える。小さく笑って、揃えた指を動かした。

中を探るように壁を撫で、奥を探る。

ビリッと電気が走ったような衝撃が起き、ビクリと体が跳ねる。するとレノックスの指がそこを執拗《しつよう》に押して、竜真の腰はビクビクとおかしな反応をした。

「あっ、あ……やだ、そこ……変……」

「気持ちがいいの、間違いだろう？」

笑いながら言われて、萎《な》えていたはずの陰茎を舐められる。

「ひっ！」

口に含まれ、強く吸われて、カーッと全身が熱くなった。

「だ、だめ……だめだ、それ、変になる……」

手よりも口のほうが刺激は強い。熱い口腔内に包まれ、舌で愛撫されると一気に快感が高まっていった。

後ろを探る指も快感に変わり、三本に増やされても気持ちがいいばかりだ。

達《い》きそうになるたびに根元を掴まれて快楽を流されるから、欲望が爆発しそうだった。

「も、もう……もう、達かせて……っ」

「一緒に達こう。いいか？」

「いいよ！　い、いいから、早く……」

腰から下が溶けそうで、力が入らない。

指が引き抜かれて熱い塊が押しつけられても脱力したままで、それが中に入ってきて初めて息を呑んだ。

「うっ……」

さすがに指なんかとは比べものにならないほど大きい。

先ほど目にしたレノックスの大きなものが頭の中に蘇って体を強張らせていると、レノックスの手が宥めるように竜真の陰茎を揉み込んだ。

「ん、あ……」

力が抜けたところでズイッと中に入り込み、また力が入ると動きを止める。レノックスは竜真の様子に注意しながら、ゆっくりと少しずつ奥へと腰を進めてきていた。

目が回りそうな官能の荒波に翻弄《ほんろう》されながら、頭の端ですごい忍耐力だなと感心してしまう。

竜真は女性ではないから受け入れるのに苦労するだろうとは思っていたが、自分よりレノックスのほうが大変そうだと思ってしまった。

だからこそ一生懸命体から力を抜くよう努力し、レノックスを受け入れようとがんばる。苦しいし、異物感はひどいが、痛みはないから大丈夫と必死で思い込んだ。

ようやくのことで最後まで受け入れたときには、二人とも汗びっしょりだ。

よくがんばったと自分を褒めたいところだが、あいにくとこれで終わりではない。むしろこれから本番だと思うと、ちょっとクラクラする。

何しろ体内を穿《うが》つレノックスのものはドクドクと脈打ち、早く動きたいと膨らんでいた。

そして心強いことに竜真のものも萎えてはおらず、意外と大丈夫なのかもしれないと思わせてくれる。

竜真はレノックスの背中に手を回し、動いていいと囁いた。

「……あっ！　あ、あっ……」

ズッと引き抜かれる感触に全身が粟立《あわだ》ち、押し込まれて小さく悲鳴が漏れる。

「うんっ……も、もっと、ゆっくり……」

腰を小刻みに揺すられ、先ほどの場所に先端がぶつかると、ビクッと反応してしまう。

レノックスは執拗にそこを攻め立てながら、しだいに腰の動きを速く、激しくしていった。

体の中の弱いところを押され、立ち上がった陰茎をレノックスの腹で刺激されて、快感がどんどん高まっていく。

「あ、あん……レノックス……もっと……」

今度のもっとは、先ほどとは意味が違う。はぐらかされ続けた二度目の射精のために、もっと強い、決定的な刺激が欲しかった。

「竜真、愛している。私を感じてくれ」

「んっ、レノックス……あ、んっ、あ、あっ……」

激しくなる抽挿《ちゅうそう》——そしてひときわ深く奥を突かれて、竜真の欲望がパンと弾けた。

それを追うようにして最奥に熱い刺激を叩きつけられ、ガクリとレノックスの体が覆い被

さってくる。

互いにはぁはぁと荒い呼吸を繰り返しながら、抱きしめ合って余韻に浸る。

「とても……素晴らしかった……」

優しくキスをされながら言われ、竜真は笑みを浮かべる。

「んっ、オレも……」

自分の中にレノックスを感じられ、大切にされている、愛されていると実感できる。抱かれる側になるのはとても怖かったが、実際に体験してみたら悪いものではなかった。

(むしろ、とんでもなく気持ち良かったような……)

あんなふうに意識が飛びそうな快感は、初めてだ。男でも中で感じると聞いていたが、あんなふうだとは思いもしなかった。

思い出すと体が震え、モゾリと腰を揺らしてしまう。

「……あっ⁉」

中に入ったままだったレノックスのものが、ドクンと脈打ち大きくなる。

「ちょっ……レノックス？」

「……動かれると、ちょっとまずい」

「いや、でも……このままっていうわけには……あうっ！」

竜真が喋るたびにムクムクと大きく育ち、グリッと先端が回った。

小さく漏れた竜真の悲鳴には甘さが含まれていて、レノックスを調子づかせる。

「もう一度……いいだろう？」

「オレ……初めて、なんだけど……」

「大丈夫。竜真は心も体も柔軟だ」

「……」

どこかで聞いた言葉だと思いつつ、意識はグリグリと突いてくるレノックスのものに捕らわれる。

萎えた陰茎を擦られると、嫌だと言うのは難しくなった。

「ずるいぞっ」

「愛しているからな。一度では足りない」

「ずるい……」

そんなふうに甘く囁かれて、抵抗できるわけがない。

竜真はレノックスの背中に回した手にグッと力を込め、自らも腰を揺らして誘いに乗った。

★★★

盛り上がった気持ちのまま二度ばかりして、気絶するように眠りに入った。

レノックスの腕に包まれた、深く、幸せな眠り。水の女神の世界に行くことなく、ひたすら眠りを貪った。

「……うま……りょーま……ごはんだよ～。アラム、おなかすいた」

「――ん？　ああ……もうそんな時間か……って、アラム⁉」

竜真もレノックスも裸のままだ。毛布に包まっているからよかったものの、竜真の動揺は大きい。

反射的に起き上がろうとした体をレノックスに押さえられ、腕の中に抱え込まれた。

「おはよう」

「いや、まだ朝じゃない……って、それどころじゃないっての！」

竜真は毛布を首まで引っ張り上げ、キスしてこようとするレノックスの顔をグイッと押しのけた。

「ひどいな」

文句を言いながらも、レノックスは嬉しそうに笑っている。

唇がダメなら頬にと、チュッチュッとキスをされた。

「なかよし？」

「あ、うん、仲良しだよ」

「アラムもなかよしー」

グイッと二人の間に突入してこようとしたところで、エルマーが慌てた様子で部屋へ入ってくる。

「ああっ、アラム様！　入ってはいけませんと、申し上げましたのに～」

そして急いでアラムを抱き上げると、そそくさと出ていこうとした。

「お邪魔しました。ごゆっくりどうぞ……と申し上げたいところですが、もう夕食のお時間です。お二人とも、空腹でございましょう」

「確かに」

「お腹減った……」

「準備はできておりますので、いつでもどうぞ」

「分かった」

エルマーが出ていって扉が閉められると、竜真はハーッと大きく息を吐き出す。

「焦った……」

アラムがいないならいいだろうとばかりに、レノックスは脱力した竜真の唇にキスをしてくる。

気が抜けて抗《あらが》えないのをいいことに、舌まで絡めてきた。

「うーん……」

いろいろと考えなければいけない気がするが、後回しにしてしまいたい。

レノックスとのキスは甘い誘惑《ゆうわく》に満ちていて、憶えたてのそれに夢中になる。

起き抜けにするには、濃厚なキス。互いに口腔内をまさぐり、舌を吸い、貪り合う。

「んっ、んっ……」

「……いかんな。ほんの少しだけ味わうつもりが、夢中になってしまう」

「いいだろ。もっと……」

足りないと囁き、レノックスの胸に手をついて撫でる。

「こらこら、誘惑するな。空腹なんだろう？」

「そうだけどさ」

「竜真は細いのだから、食事を抜くのは好ましくない。それでなくても、小食だしな」

「レノックスたちと違って、エネルギー効率がいいんだ。……でも、確かに腹減った」

「グズグズしていると、またアラムが乱入するぞ」

「それはまずい」

アラムはまだ三歳。急激に成長しているとはいえ、性教育をするには早いのは明白だった。

竜真は慌ててレノックスの腕から抜け出して、ベッドを出る。毛布に包まったまま、隣の花嫁の間に急いだ。

例によって服は用意されているから、それを着込んで水で顔を洗う。

銀色の器の水面に映った自分の顔が妙に甘ったるく感じ、竜真はバシバシと頬を叩いて、色ボケしそうな自分に気合を入れた。

「しっかりしろ、オレ。変な顔、アラムに見せるなよ」

自分にそう言い聞かせると、表情を引き締めて居間へと向かう。

すぐにレノックスもやってきて、飲み物と前菜が運ばれた。

アラムはゴクゴクと果実水を飲みながら、無邪気に聞いてくる。

「りょーま、にいちゃのおよめさんになった？」

内心でウッと思いつつ、竜真はがんばって笑顔を浮かべる。

「そうだよー。だからアラムは、オレの弟でもあるんだ」

「りょーまもにいちゃ？」

「そう。家族だよ。よろしくね」

「わぁー」

嬉しそうにパチパチと手を叩いたアラムが、ギュッとしがみついてくる。

「りょーま、ずっといっしょ？」

「ああ、どこにも行かない」

「よかったー。にいちゃもうれしーね」

「ああ、嬉しい」

顔を見合わせ、微笑み合う。

レノックスの手が竜真の手を握り、竜真もギュッと握り返した。


その日の夜も、欲しいという気持ちのまま、レノックスと求め合った。

竜真たちと一緒に寝るんだとギャーギャー文句を言っていたアラムはエルマーに連れていかれ、さらに鍵までかけてくれたので、安心することができた。

心行くまでレノックスを堪能し、満足しきって眠りに就き、夢へと入り込む。

水の女神が、満面の笑みでもって竜真を出迎えてくれた。

「おめでとう、よくやった」

「………」

素直にありがとうと言えない何かを感じ、竜真は顔をしかめる。

「……よくやったなって、どういう意味だよ」

「これこそが、わらわが思い描いていた理想形なのだよ。この世界に愛された竜王が、わらわの加護を得た御使いと結ばれる……そして、やがて生まれるだろうそなたたちの子供が、この世界の太陽を癒やす」

「はっ？　子供？　オレ、男なんだけど。この世界の人間でもないしさ」

「竜王が相手なら、そなたでも子供を産むことができる。何しろそなたは水の女神であるわらわの御使い……水は生命の源でもあるのだ」

「そ、そうかもしれないけど、子供って……オレが？　無理……」

「心配しなくともよい。竜族の卵はとても小さく、母体にはなんの負担もないようだ。よかったな」

「そうなんだ。よかった……なんて言うわけないだろっ。オレが子供を産む？　しかも卵？　オレの許容範囲を超えてるぞ‼」

「大丈夫。そなたの心は、しなやかで強い。逞しい。そなたより器としてピッタリな人間もおったのだが、どうもメンタルが繊細すぎてな。異界に耐えられんかもしれないと、諦めたのだ」

「図太くて悪かったな！」

「褒めておるのだぞ。図太いくらいでないと、心が壊れる。その点、そなたは本当に丈夫でよかった」

「む、むかつく……全然、褒められてる気がしない。言い方ってもんがあるだろっ」

神様相手にそんなことを言っても無駄だと分かっているが、失礼すぎるだろうと竜真は怒る。

しかし当然のことながら女神は竜真の怒りなど意に介さず、聞いてきた。

「そなたは竜王の花嫁になるということで、よいのだな？　もう、元の世界に戻らなくてもよいと」

「ああ、それでいい。……いや、一度だけ戻りたいな。このままいなくなったら、オレ、失踪扱いだよな？　家族を心配させたくないから、やりたいことがあって外国に行くって伝えたい。できるかな？」

「一度だけならいいだろう。人間を境界渡りさせるのは、私でも容易ではない。いつがいい？」

「とりあえず、雨乞い旅を終わらせてからかな。この世界、カラカラだから」

「では、そのあとで。頃合いになったら、呼ぶといい」

「分かった」

夢から覚めたあとは、いつもスッキリとして体が軽い。幾度となくレノックスを受け入れて大変な負担だったはずなのに、なんともないのはきっと女神の加護のおかげだ。

ありがたいが、微妙な気持ちにさせられる。

「なんかなー……ちょっとイラッとするんだよなー。最初からレノックスとくっつける目的だったっていうのが、また……まんまと嵌められた自分に腹が立つぞ」

目が覚めた竜真は、ブツブツと文句を言う。

「第一、子供って……竜族が卵生っていうのは聞いてたけどさ……オレは違う世界の人間の、男だぞ。無理無理。さすがにそれは無理だろ……怖っ」

この世界の人間……しかも男が竜族の卵を産めると聞いていても、それに自分を当て嵌めるのは難しい。

男でも産めるってすごいなーと思うのと、自分が産むのはまったく別問題だった。

「無理だ……無理。無理無理無理無理ー」

竜真がひたすら無理だと呟いていると、レノックスが目を覚まして抱き寄せてくる。

チュッとキスをされ、微笑みながら聞かれた。

「何が無理なんだ？」

「ああ……うーん、夢の中で女神と会ってさ。おめでとうって言われたよ。オレとレノックスが恋人になるのは、大歓迎らしい」

「それはよかった。女神に反対されては大変だからな」

「そうなんだけどさ。なんか、それを狙《ねら》ってたみたいなことを言われて、ムカついた」

「ああ、思う壺《つぼ》というわけか」

「そうそう。なんか、ムカつくだろ？」

「いや、別に。実際、私は竜真に一目惚れだったからな。なんて美しく可憐なんだろうと、驚いた。竜真を遣わせてくれた女神に感謝するのみだ」

「ううーん……」

やっぱり微妙な気持ちだと、竜真は唸る。本当のオレはこんな華奢じゃないんだ。素敵に日焼けした美マッチョなんだと思うが、長身でガッシリした体格のレノックスの横に並んだら、やはり華奢に見られそうな気がした。

「それで？　女神は、どんな無理なことを言ったんだ？」

「え？」

「さっき、無理だ無理だと呟いていたろう？　女神に何か言われたんじゃないのか？」

「ああ、それか……ううう〜ん」

とても言いにくいことだし、言いたくない。水の女神や異世界、竜族なんていうものまで呑み込んだ竜真でも、自分が卵を産むのはどうしても納得できないし、信じられなかった。

それに、竜族の子供を産める人間がいない今、レノックスに叶わないかもしれない希望を与えたくない。

次代へと繋がる竜王の子供は、竜族たちの悲願のはずだった。

（なんか、いろいろな意味で言えないぞ）

いくら水の女神の言葉とはいえまだ半信半疑でもあるし、本当になったら怖いという思いもある。結果、竜真は頭の中の戸棚に「卵を産む」という言葉をしまい込み、鍵をかけて放置することにした。

「……いや、ちょっと。女神に変なことを言われてさ。大したことじゃない……わけでもないんだけど、オレにどうにかできる話じゃないから気にしないことにした」

　曖昧な言葉で逃げているのは分かったはずだが、レノックスは竜真が言いたくないならと追及しないでいてくれる。

「私は、竜真とこうして一緒にいられればいい。女神が、私から竜真を取り上げる気がないと分かって安堵した」

「ああ、うん、それはない。でも雨乞い旅が終わったら、一度元の世界に戻してもらうつもりなんだ。家族にちゃんと別れが言いたいから」

「元の世界に……」

　竜真を抱きしめるレノックスの手に、力が入った。

　痛いほど強く抱え込まれ、竜真は苦笑する。

「ずっといるわけじゃない。家族を安心させるために、外国に行くからもう会えなくなるかもしれないって言うだけだ。必ず戻ってくるよ」

「しかし……竜真の生まれ育った世界だろう？　ご家族に、引き留められるかもしれない……もう、戻りたくないと思うかも……」

「バカだなぁ。そんなわけない。ここには、レノックスがいるんだぞ。オレの愛する人で、恋人だ。絶対に、戻ってくるに決まってる。一生、一緒にいるんだからな」

「竜真……」

レノックスを安心させるために竜真からもギュウギュウと抱きしめ、チュッチュッとキスをする。

「ちゃんと好きだぞ。オレも、レノックスといられればいいんだ」

「絶対に戻ってくると、約束してくれ」

「いいよ。う～ん……と、水の女神に誓って？　女神はオレがこの世界に残ったほうがいいみたいだから、あっちでグズグズしていたら蹴り飛ばされそうだ」

「それは頼もしいな」

レノックスの表情が少し明るくなるのに、竜真はクスクスと笑いながら言う。

「女神ってば、レノックスがお気に入りなんだよ。面食いで、竜族の容姿が好みにドンピシャみたいで――……」

話している途中でドアノブがガシャガシャと音を立てて、回される。鍵がかかっているから開かないが、こんなことをするのは一人しかいない。

「……アラムだな」

「絶対、アラムだ。起きろって言ってるのか、お腹が空いたって怒ってるのか……」

「どちらもだろう。起きないと」

「だな」

二人は裸のままベッドから抜け出し、服を着る。

気の利くエルマーによって、竜真の服も竜王の間のクローゼットに入れてある。当然のようにきちんと上下でセットされていて、何を着ればいいのか考えなくてすむからありがたい。

服を着て、顔を洗って鍵を開けると、扉が勝手に開く。

竜の姿のアラムが、必死に羽を動かしてドアノブにしがみついていた。

「おはよう、アラム」

『おそーい！　アラム、おなかすいたーっ』

「ごめん、ごめん。ご飯にしような」

『うー』

小さく唸ったアラムは竜真にしがみつき、人型になる。

「おっと、アラム、服は？」

「あっち……」

飲み物と野菜が用意されているテーブルのアラム用の椅子に、服が脱ぎ捨てられている。どうやらエルマーにここで待つように言われたあと、勝手に竜の姿になって竜真たちを呼びに来たらしい。

竜真がアラムを椅子に立たせて服を着せていると、パンを持ってやってきたエルマーが見とがめる。

「あれ……なぜアラム様の服を……」

「起こしに来てくれたんだよ」

「おとなしく座っているよう言ったのに……」

「お腹が空いたんだってさ。食べ盛りだもんな。先に野菜を齧ってればよかったのに」

「うー……」

日照り続きのこの世界にあって生でも食べられる野菜は貴重なものだが、スティック状に切られたそれはさすがに子供にはハードルが高いらしい。

竜真は笑ってアラムの隣に座り、ニンジンにしか見えないスティックを取ってマヨネーズをつける。

マヨネーズやドレッシングは、竜真が料理長に作り方を教えたものだ。サラダが食べたくて作ってくれるよう頼んだのだが、美味しいと喜ぶレノックスやエルマーたちとは違い、生野菜を食べさせられることになったアラムは迷惑そうである。

「はい、あーん。マヨネーズは好きだろ？」

「んー……」

渋々といった表情で口を開け、ポリポリ齧る。

「おいし……きらい……むーっ」

マヨネーズは好きだがニンジンは嫌いと訴えながら、それでもちゃんと食べるところがえらい。竜真がアラムにマヨネーズの入った器と野菜を持たせると、むーむー言いながらも食べ進めていった。

これをちゃんと食べないと、オムレツがもらえないのを知っているのである。

「野菜スティック、美味しいのに」

「竜真が教えてくれたマヨネーズとやらのおかげで、生の野菜が格段に旨くなった。あれらは、素晴らしいソースだな」

「いろいろとアレンジができるから、飽きないだろ？　油や酢、入れる調味料や味付けしだいで全然変わる」

「ああ。特に私はこの、マヨネーズが好きだ。濃厚で、実に旨い」

料理長も、レノックスのお気に入りだからと久しぶりの帰還に張りきって作ったのだろう。焼きたてのパンと野菜を齧っていると、フワフワオムレツが運ばれてきた。

「きゃーっ♥」

自分に割り当てられた最後のスティックを口の中に放り込み、アラムが歓声をあげる。

「お、がんばったな。えらい、えらい」

「オムレツ〜」

アラムの大好物なので、早速スプーンを掴んでいた。

美味しい美味しいと旺盛な食欲を見せるアラムは、元気いっぱいだ。

「可愛いなぁ」

無邪気な子供は、無条件で可愛い。アラムはレノックスとまったく似ていないが、これがレノックスそっくりな子供だったらどうなるんだろうと思ってしまった。

(チビッ子レノックス……すごい見たい)

黒い髪、金色の瞳の小さな黒竜……卵は三～五センチしかないと聞いているから、生まれての赤ん坊竜は極小サイズのはずだ。

(手のひらに乗っちゃうくらいか？　それが動くのか？　キューキュー鳴いたりするのか？　やばい……本気で見たい)

女神に、レノックスの子を産むと言われたのが頭に残っているせいか、ついいろいろ考えてしまう。

頭の戸棚にしまい込んでいるつもりでも、男の自分が子供を……しかも人間にはありえない卵を産むという考えは、そうそう消えてくれなかった。

(レノックスの子供は見たい……ものすごく、猛烈に見たい。でも、他の女が産むとか、論外だしっ)

レノックスは、竜王だ。竜族の中でもずば抜けて力が強く、繁殖力も比べものにならない。今はいない、竜王の花嫁。竜族の子を産めるという爪痕の痣を持った人間が生まれれば、レノックスの花嫁として連れてこられるのは間違いない。

竜族の未来のため、竜王であるレノックスは痣を持つ人間を抱くしかなくなるかもしれない。

責任感が強く、すべてを背負おうとする真面目な性格では、きっと拒否はできない。

竜族の存続のためにとまわりに懇願されて、退けられるレノックスではなかった。

(ムカつく……めちゃくちゃムカつく……。レノックスのそういうところが好きだけど、それは絶対に認めないぞ！)

レノックスは自分のものなのだ。竜族の未来のためだろうが、他の女を——男を抱くなんて。そんなの許せるはずがない。

そんなことをさせるくらいならオレが産む……と考えて、竜真は内心でうーんと唸った。

(……なるほど。なんか、女神の言ってたことが分かった気がする……。レノックスは竜王で……子供が必要で……オレが産めるならそのほうがいいよな……)

一夫一婦制の日本で生まれ育った竜真には、いくら相手が竜王でも、第二夫人やら愛人やらを認めることなどできない。

激しく嫉妬し、深く傷つき、この世界にいるのが嫌になりそうだ。

そして竜真が傷つけば、レノックスも傷つく。嫌々抱いてもらう、爪痕の痣を持つ人間たちも傷つくだろう。

自分なら、子を産む道具として抱かれるのは御免だった。

（オレが子供を産まないと、みんなが大変？　ドツボに嵌まりそうな気がする……）

夢の中で聞いたときは絶対に無理だと思った竜真だが、今、気が変わり始めている。

レノックスの立場を思えば、レノックスの子供を産めるということにどれほどの利点があるか気がついたのである。

しっかりと根付いた常識は相変わらず無理を連呼しているが、冷静になれば利点ばかりだと分かる。

レノックスを他の人間に取られなくてすむし、まわりからギャーギャー言われることもない。

もちろん御使いである竜真に面と向かって文句を言える竜族はいないだろうが、レノックスにこっそりと子を産める人間を娶《めと》るよう進言する者はいるだろう。

そしてそれはレノックスの心に澱《おり》として溜まり、鬱屈させるに違いない。

レノックスの心も体も丸ごと自分のものだと思っている竜真にとっては、レノックスが他に気を取られるのは腹立たしいことだった。

竜真がレノックスの子供を産めれば、すべて上手くいく。

余計な心配をせずにすみ、竜族たちもうるさく言わないはずだ。

（いいことだらけだな……うん。他のやつにレノックスの子を産ませるくらいなら、オレが産んでやる。水の女神が産めるって言うんだから、産めるんだろうし……いっちょう、がんばってみるか）

どうがんばるか知らないし、がんばってどうにかなるのかも分からない。

だが女神が言ったのだから大丈夫なのだろうと、信仰心を持って思ってみる。竜真にできるのは、覚悟を持って卵を産むという自分を受け入れることだけだ。

（……うん、いいじゃないか、卵。レノックスの仔竜が入ってると思えば、可愛いもんだよな）

そう考えて意識を現実に戻してみれば、オムレツの載った皿がほとんど空になっている。

「あれ？　オレのオムレツは？」

「自分で食べていたのに、何を言っている」

「えっ……そうだった？　オレ、考え事をしながら食ってたのか……そういえば、満腹だな」

久しぶりのオムレツなのに、ろくに味わわないうちになくなろうとしている。

気を取り直してお代わりをしようにも、あいにくと腹の中に入る余地がない。

「食べているのに気づかないほどとは……ずいぶんと真剣に考え込んでいたのだな」

「まぁね。オレのアイデンティティーにかかわることだから、いろいろと複雑で。でも、もう、覚悟は決まった。オレ、がんばるぞ」

フンッと鼻息も荒く拳を握る竜真に、レノックスは戸惑った表情を浮かべる。

「そうか……何をだ？」

「んー……水の女神の御使いとしての務め……かな？」

「それならもう、充分すぎるほどがんばってくれている。竜真の水瓶のおかげで人々は安心して水を使えるようになり、雨乞いをした地は力を取り戻しつつあるようだ。何よりも、絶望と不安に覆われた人々の心を、竜真は救ってくれた」

「ああ、うん、それはそうかもしれないけど……」

「それとは別に、がんばることがあるのか？」

「あるんだよ、実は。でも、本当にがんばれるか分からないから、言わないでおく。水の女神の無茶ぶりで、本当にできるか半信半疑……っていうか、ほとんどできるとは思えないんだけど、できたほうが断然いいから、気合い入れてた」

「そうか……」

レノックスにとってはわけが分からないだろうに、言いたくない竜真の気持ちを慮《おもんぱか》って追及しないでくれる。

優しく見つめられると胸の奥があたたかくなり、愛されてるなぁと実感できた。

「食後のお茶と、焼き菓子をどうぞ。今日のオヤツは、竜真様に教えていただいたケーキを焼くそうですよ。私も楽しみです」

「やったー」

「わーい」

この世界の菓子は、クッキーやマドレーヌのような素朴な焼き菓子しかなかったから、竜真はマドレーヌを大きな型で焼いてもらって、果物や生クリーム、カスタードで飾ることを教えた。

小学校から高校まであった調理実習の授業が役に立ち、カスタードクリームの作り方を覚えていた自分に感動する。

材料の正確な分量を思い出せなくても、なんとかなるものだなぁと思ったものである。

竜真たちが休養に充《あ》てた三日間、料理長が張りきって好物をたくさん出してくれると思うと、楽しみだった。


大怪我だったにもかかわらずレノックスの体調に問題はなく、三日ほどのんびりしたあと、再び竜真たちは旅に出ることにした。

朝から夕方まで村々を飛び回る、大変な旅である。

どの村でも大歓迎され、国王や領主たちの館で歓待を受けたが、毎日のように寝場所を変える忙しない日々が続いた。

そんな、いつもどおりの朝。

服を着て顔を洗い、乱れた毛布を直そうと持ち上げると、コロリと何かが転がり落ちた。

「ん？　なんだ、これ。卵？」

竜真は首を傾げながら水色のそれを摘まみ上げ、繁々《しげしげ》と見つめる。

「ウズラよりちょっと大きいくらい？　綺麗な水色の卵だけど……なんだってこんなところに？」

わけが分からないぞと呟く竜真の横で、レノックスが信じられないといった顔をしている。

「まさか……私と竜真で卵が産まれたのか？」

「いや、オレ、産んだ覚えないし」

「竜族の卵は、この小ささが標準だからな。眠っている間に気づかぬまま産むのは珍しいことではない」

「マジか？　なんちゅー楽なお産だ。うちの母親、超難産で二日も唸り続けたって言ってたのに」

女神が竜族の卵は小さいから母体に負担がないと言っていたが、人間の男が、しかも自分が卵を産むという衝撃が強すぎてあまり覚えていなかった。

他のやつに産ませるくらいならオレが……と覚悟を決めていたのに、眠っている間に生まれているとは、なんとも拍子抜けである。

「へぇー……これが、レノックスとの卵なんだ。本当に小さいな」

感心して見る竜真とは違い、レノックスは激しく動揺している。思わず、大丈夫か聞いてしまったほどだ。

「信じられない……私に卵が……これも女神の為せる業か……」

「いろいろとすごいよな。この卵、どうすればいい？　温めないとまずくないか？」

「大丈夫だ。時がくれば自分の力で孵化《ふか》する」

「温める必要もないのか……」

なんて楽なんだと感心するのみである。

「でもオレたち、旅の途中なんだけど……卵なんて壊れ物だし……置いていったほうがいいのかな」

それとも、孵化するまで旅は中断するべきかと唸っていると、レノックスに大丈夫だと言われる。

「竜族の卵は、とても丈夫だ。そう簡単に壊れることはないから、袋に入れて持ち歩ける」

「ええっ、本当に？　卵なのに？　こんな小さいのに？」

「ああ。外側からの圧力には強い。でなければ、こんなふうに無造作に産んで無事なわけがないだろう」

「あー、そういやそうか。いつ産んだか知らないけど、オレやレノックスが気がつかないで下敷きにしたり、蹴飛ばしたりしてたかもしれないよな」

「そういうことだ。安心していい」

「それじゃ、一緒に連れていけるな。エルマーに手頃な袋を用意してもらわないと」

竜真が手の中に卵を包み込んで運び、エルマーに見せると、エルマーの顎が落ちんばかりにパカリと口が空いた。

「た、卵……」

「オレが産んだ——……みたい。産んだ自覚はないから、もしかしてレノックスが産んだかもしれないけどさ」

「いや、竜真だと思うぞ」

「そうなのかな？　女神には産めるって言われたんだけど、まさか本当に産まれるとはなー。いや～、ビックリ、ビックリ」

産んだ実感がないから、衝撃もない。心も体も、とても楽な出産だった。こんなに楽なら、十人でも二十人でもいいぞ～と寛大な気持ちになるのと同時に、これを本当に自分が産んだのかと不思議な気持ちにもなった。

「綺麗な水色の卵だね～。水の女神の髪と同じ色だ」

「竜真の卵だからだろう。通常、竜族の卵は白だ」

「へぇ……そっか、やっぱりオレが産んだのか……」

こんな小さな卵の中に仔竜が入っているのかと思うと、感慨深い。

そこでようやく呆然としていたエルマーが我に返り、悲鳴にも似た声をあげた。

「卵が！　レノックス様と竜真様の卵が産まれた⁉」

「そうそう。毛布を畳もうとしたら、コロッと転がり落ちたんだ。ビックリしたよ」

「信じられない……奇跡です。奇跡が起きました。ああ、水の女神に感謝を‼」

エルマーがありがたいありがたいと言っていると、ガチャガチャ音がしてアラムがもう一つの寝室から飛び出してくる。

まだ飛ぶのがあまりうまくないため、仔竜の姿でタタタッと駆け寄ってきた。

『おはよー。おなかすいた！』

「おはよう。アラムは今日も元気だな」

竜真は片手でヒョイとアラムを抱き上げて、手のひらに卵を乗せて見せる。

「……ほら、オレとレノックスの卵だよ。アラムはお兄ちゃん……じゃないな。ええっとー……叔父さんになるんだ。嬉しい？」

『たまご？』

「そうだよ。卵。この中に、小さな竜が入ってるんだ」

『ふわわー』

アラムは水色の目をクリクリとさせ、卵を凝視している。

『ちっちゃい……』

「アラムも卵のときはこれくらいだったんじゃないかな？」

「そうだ。とても小さくて、可愛かったぞ」

『えへっ』

「アラム様、まずは人型になって服を着ましょう。それから、卵に触らせてもらいましょうね」

『うん！』

エルマーに連れていかれたアラムはすぐに人型で駆け戻ってきて、卵に触らせてくれとねだる。

「はい、どうぞ」

「ありがとー」

アラムは大事そうに恐る恐る両手で受け取って、親指でソッと撫でる。

「ちっちゃい……」

先ほどと同じ感想に、三人でクスクスと笑う。

ひとしきり撫でさせてから、エルマーが小さな袋に恭しい手つきで卵を収めた。

「放っておいても孵《かえ》りますが、旅の途中ですから。レノックス様か竜真様がお持ちください」

「身に着けておけば、自然と我々の気も吸うだろうしな。人型のときは私が、竜のときは竜真が首から下げておくことにしよう」

「了解～。ご飯にしよう。お腹空いた」

「すいたーっ」

竜真はアラムを抱っこして、朝食の支度がされているテーブルへと向かう。

子供用の椅子にアラムを下ろし、飲み物の入ったグラスを持たせた。

旅の楽しみは、食だ。場所が変われば食材や味付け、料理が変わってくる。

長く続くと竜王の城の料理が恋しくなるが、その頃にはレノックスが休養のためにいったん帰還してくれるから、純粋に楽しむことができるようになった。

初めて見る色の果実水は爽《さわ》やかさと甘みが混在していて、とても美味しいものだった。

「これ、美味しい」

「ナラの実だな。この地方の名産品だ。小さいから食べるのは面倒だが、搾って飲むには旨い。空を飛んでいて、黄色い実に気がついたか？」

「ああ……あった、あった。あれか。上から見て、花だか実だか分からない大きさだったやつ」

「皮に苦味がないから、皮ごとすり潰して水で割ったり、酒に浸けたりして飲む。……ああ、こっちは煮詰めたものだな」

ジャムとして出されているそれをパンにつけ、食べてみる。

「うん、これも美味しい」

「気に入ったのなら、城でも出すようにしよう。この植物は分布域が広いから、実の収穫時期も長い」

「へー」

旅を続けていくに従って、少しずつ気温が下がっている。今は太陽の暴走で全体的に暑くなっているが、本来、このあたりは寒冷地とのことだ。

夏だから気温が高いとはいえ、やはり通常とは違う暑さらしい。

太陽の暴走は怖い。旅を続けながらも、また巨大フレアが起きたらどうしようと竜真は常にビクビクしてしまった。

一緒に食事をしながら、エルマーはそういえば……と太陽を話題にする。

「今朝は、いつもよりグンとおとなしくなっていました。竜真様がいらしてくださったときのようです。卵の効果でしょうか」

「そうかもしれないいな」

異世界の住人である竜真が、異世界の水の女神の気をまとって現れたことで、太陽は一時的に治まった。そのあとしばらく静かで平和だったのだが、ここのところまた勢いを取り戻しつつあったのである。

そして、あの巨大フレアが起きた。

竜真の存在は打ち水くらいの効果しかなかったのだろうかと思っていただけに、エルマーの言葉にはハッとさせられるものがあった。

「太陽が、おとなしくなった？」

「ええ。昨日までは、またいつ巨大フレアが起きても不思議ではない状態でしたが、今日はとても静かです。以前と同じとは言えませんが、巨大フレアの起こる危険はなくなったように見えます」

「そうなんだ……よかった」

　女神の言っていたのは本当だったのかと胸を撫で下ろす。

「なんか、この子は太陽を癒やしてくれる存在らしいよ」

「……そうなのか？」

「……そうなんですか？」

　二人に怖いような真剣な目でジッと見つめられ、竜真はコクコクと頷く。

「女神が言うには、水の女神の加護を受けたオレと、この世界に愛された竜王であるレノックスとの間に生まれたこの子は、両方の祝福を受け継いだ子なんだってさ。水の女神と違ってこの世界の住人だから、水の女神の力もいい感じに作用するんじゃないのかな？」

「そうなのか……」

「そうなんですか……」

　巨大フレアを起こす太陽の危機に晒《さら》され、いずれ大きく膨らんだ赤色巨星に呑み込まれ、この世界が破壊されるかもしれないと思っていたレノックスたちである。竜真から朗報を聞いても、簡単には信じられない様子だ。信じたいが、ぬか喜びになるのが怖いのかもしれない。

「信じても、大丈夫だと思うぞ。オレだって、自分がレノックスの卵を産むって聞かされたときは、ウソだ無理だって思ったけど、本当に産んだもんなぁ。オレは男で、この世界の住人でもないのに……ビックリだよ」

「私も驚いた。竜真には、爪痕の痣はないのだからな。まさか、卵が生まれるとは……」

「水の女神がもたらしてくださった、奇跡です。太陽が癒やされるというお言葉も、きっと本当になりますね」

「ああ、そうだな。そう信じよう」

レノックスは首から下げた小さな袋を、愛おしそうに指で撫でている。

三センチほどの、小さな卵。自分が産んだらしいその子が、この世界にとって救世主になるというのは不思議だった。

「まぁ、様子を見るしかない。オレたちにできるのは、無事にこの子を孵化させることと、雨乞いでこの世界に水気を保たせることだけだ」

「そうだな。自分の務めを果たそう」

「もう三分の二は回りましたから。あと少しです」

「竜族の卵って、どれくらいで孵化するものなんだ？　途中で孵るのかな？」

「個体差があるとしか言えないな。大体は十日から三十日くらいだ」

「決まってないのか……」

「気長に待つしかない。幸い、卵が孵化できなかったことはないからな」

「ならいいけど」

この子は純粋な竜族ではないので、大丈夫なのかと心配してしまう。

「悪い感じはしない。力強く、健やかな気配だから安心していい」

「ああ、そうなんだ……」

レノックスに保証されて、竜真はホッと胸を撫で下ろした。

何よりも嬉しいのは、これでレノックスが他に花嫁を迎える必要がないということだ。

竜王にとって義務ともいえる次代へと繋がる卵――太陽の爆発の危機から抜け出したのちにはきっとレノックスの花嫁問題が出てくると思っていたから、それがなくなると思うと本当に嬉しい。

レノックスが他の人間を花嫁として迎えるなんて絶対に嫌なので、この卵は竜真にとっても救いとなった。

竜真は卵に手を伸ばすと、袋の上からソッと触れる。

(生まれてきてくれて、ありがとう……)

無事に孵化してくれという願いを込めて、優しく撫でた。

小さな卵は、竜真たちと一緒に旅をする。

レノックスや竜真が首から下げ、ときにアラムに抱えられながら一緒に眠って、世界を飛び回った。

こんな忙しない中で生まれたらかわいそうかもしれないという竜真の気持ちに呼応してか、一週間が過ぎ、二週間が過ぎても卵が孵る気配はない。

レノックスいわく、ひたすら眠っているようだとのことだ。

竜真たちの会話はなんという名前にするかが主なものとなり、あれがいいこれがいいと言い合いながらも三つにまで絞った。

どれも綺麗な響きだと意見が一致していて、仔竜の顔を見てから決定することにしている。

そして問題の太陽は、卵が生まれてからというものずっとおとなしい。少しずつ紅炎の動きが沈静化し、大きさも元に戻りまるで以前のような穏やかさを取り戻したとのことだった。

順調に雨乞いをして回り、世界一巡の長い旅がようやく終わった。三日間の休養ではなく、ちゃんと城に戻れるのだ。

次の旅は数ヵ月後の予定で、それまでののんびりできるのが嬉しかった。

大喜びで城へと向かい、懐かしい屋上に着地する。

「やったー、帰ってきたー」

竜真は馴染んだ居間に入ると長椅子に突進し、横になって思いっきり伸びをした。

「今日の夜ご飯、なんだろう。オヤツ、出るかな？　あー、風呂入りたい」

思ったことがそのまま口から出るのも、リラックスしているからだ。

レノックスはクスクスと笑って竜真にキスをし、湯を溜めてこようと言う。そしてエルマーがそれを聞きつけ、竜真の腹の上で寛いでいるアラムを抱き上げた。

「アラム様、オヤツを食べて、夕食まで少し眠りましょう。疲れているはずですからね」

『アラムもおふろー』

「ああ、では、オヤツのあとで私が入れて差し上げます。オヤツ、食べるでしょう？」

『たべるー』

「では、お部屋でオヤツにしましょうね」

『んー……』

少し不満そうながらも、オヤツというキーワードは強い。アラムはおとなしくエルマーに連れていかれた。

竜真は首から紐を外して、小袋の中に入れておいた卵を取り出す。

「うーん、変わらず。キミは、いつ孵化するんだろうね。城に戻ってきたよー」

ここは安全な場所だと卵に話しかけていると、レノックスが戻ってくる。

「湯を入れたぞ。入るだろう?」

「入る」

小袋をクッション代わりにして、卵をテーブルの上に置く。

腰を抱えられ、ヒョイと抱き上げられて浴室まで運ばれた。

「楽だ……」

レノックスの腕力の前に今の竜真の体重は小荷物程度だと知っているから、遠慮なく運んでもらう。

まだ外が明るいうちに風呂に入るのは久しぶりで、竜真はいそいそと服を脱いで浴室に入った。

手早く髪と体を洗い、湯に浸かる。

「気持ちいい……」

レノックスが一緒にいてくれる恩恵の一つは、湯だ。竜真は水しか出せないので、火竜の力も持ち合わせるレノックスの存在は本当にありがたい。

子供のときから真夏でも湯に浸かる生活を送っていたので、シャワーや水浴びでは満足できないのである。

レノックスが入ってくると自然と寄り添い、凭れるようにして力を抜いた。

「レノックス、ありがとうな。ちょうどいい湯加減で、すごく気持ちいい」

「竜真は、入浴が好きだからな」

「うん、好きだ。そういう国民性なんだよ。この世界にあっさり馴染めたのは、食が合うのと、ちゃんと風呂に入れるからだな、きっと」

それにもちろん、水の女神がいずれ元の世界に戻してくれると約束したからだ。そうでなければ、さすがに竜真も心が壊れていたかもしれない。

恋人同士になったとはいえ、毎日のように宿を変える旅の途中で体を重ねるのは躊躇《ちゅうちょ》する。レノックスは気にせずどこでも寛げるようだが、竜真は初めての場所はどうも緊張してしまうのだ。

それゆえせっかく想いを確かめ合ったのに、なかなか行為にまで至ることがなかった。

レノックスが竜真の緊張を感じ取って、控えてくれているらしい。キスをされ、抱きしめられて眠るだけでも満足してしまうので、健全な夜を過ごしていた。

レノックスの腕に抱かれていると、見知らぬ場所でも安眠ができる。守られている、大丈夫なのだという安心感に包まれ、とても気持ちが良かった。

旅の途中では、こうして裸で一緒に風呂に入ってもなんともなかったのだが、馴染んだ竜王の城に戻ってきたことで心境が変わっていた。

凭れかかる胸の厚さや、肩を撫でる手の大きさ、指の長さを意識してしまう。意外と器用なこの指であちこちを撫で回され、体内をまさぐられる感触を思い出してしまった。

「――」

ここは竜王の城で、この階はすべて竜王のプライベートスペースだ。気が利くエルマーは人払いをしてアラムを昼寝させているはずで、邪魔する者は何もない。夕食まで、二人きりの時間である。

(なんか、ちょっと、ムラムラする……かも)

初めてしたときからどれくらい経ったのかと数え始め、ずいぶんと禁欲生活が続いたな……と思い至る。

レノックスは大丈夫なんだろうかとチラリと見ると、優しい表情のレノックスと目が合った。

「うっ……」

モデルも真っ青な美貌のレノックスの涼しげな顔を見ると、自分の邪《よこしま》な思考が恥ずかしくなる。

恋人同士が裸で風呂に入っているのだからそういうことを考えても不思議じゃないと開き直りたい気持ちもあるが、旅の間というもののの手を出してこないレノックスの淡白さにうーんと唸るものがあった。

竜真の気持ちを察して何もしなかったとは分かっているのだが、したくならないのかな……と思ってしまうのである。

ぼんやりしながらそんなことを考えていると、レノックスに頬をツンと突かれた。

「何やら、色めいた気配を感じるのだが……」

「え？　う？　な、なんのこと……？」

「湯のせいだけでなく、頬が上気していないか？　気配で誘われている気がする」

「うー……」

誘っているつもりはないが、ずっとそのことを考えていたのは確かだ。

「レノックス、旅の間、手を出してこなかったじゃないか。したくないのかなぁと思って」

「もちろん、いつだって竜真を抱きたいに決まっている。だが、竜真は違うだろう？　どの館に泊まっても、落ち着かない様子だった」

「ああ、うん、なんかダメだった」

「それでなくても竜真にとっては大変な旅だから、余計な神経を使わせたくなかったんだ」

「ありがとう……」

やっぱり思ったとおりだと、竜真はレノックスに抱きつく。そしてレノックスの首筋にチュッチュッと吸いつき、下肢を擦りつけた。

気配だけでなく、実際に誘ってみたのである。

レノックスはコクリと喉を上下させ、竜真の尻の狭間に手を伸ばしてきた。

「んっ……いきなり、そこ……？」

「竜真に誘われると、我慢が利かなくなる。竜真のここは、とても狭く、気持ち良く私を締めつけてくれるからな」

「…………」

臆面《おくめん》もなくそんなことを言われ、竜真の顔がカーッと赤くなる。

「は、恥ずかしいだろっ」

「事実だ。……竜真のここも、私を誘ってくれているらしい」

最初のときは恐怖と不安とで硬かった蕾《つぼみ》が、今はすんなりとレノックスの指を迎え入れている。

香油のおかげで痛くなかった記憶が……素晴らしい快感を得た記憶が、竜真の体をやわらかくしていた。

今は水が潤滑剤となって、レノックスの指の動きをなめらかなものにしてくれている。

慣れれば指は二本、三本へと増えていき、竜真を喘がせた。

長い指で肉襞を擦られ、中をいじられるのは、とても気持ちがいいのだ。

旅の間、抑え込んでいた欲望が、一気に噴き出そうとしている。

「……ふぅ、ん……あっ、ん……」

体に力が入らない竜真はレノックスの肩にしがみつくような体勢で甘い声をあげていたが、指が引き抜かれると腰を持ち上げられた。

「あっ……」

レノックスの体を跨ぐ形で下肢が重なり、ヒクつく秘孔《ひこう》に屹立《きつりつ》が押し当てられる。

グッと太い先端が潜り込んできたときは息を呑みそうになったものの、すぐに大きく吐き出して体から力を抜いた。

「う、ん……うっ」

グッグッと、太いものが中に入り込んでくる。

やはり最初はその異物感に怖いものを感じるが、レノックスが竜真を傷つけないようにしてくれていると分かるから嫌だとは思わなかった。

入り口は限界まで広げられ、狭い肉襞を掻き分けて奥へ奥へと灼熱《しゃくねつ》の棒を呑み込まされる。

根元まで含んだところで下から腰を揺すられ、竜真は甘い嬌声《きょうせい》を漏らすことになる。

「あう、ん……」

ズルズルと引き出され、押し込まれる。

湯の浮力があるからかレノックスは余裕な様子で、好きに腰を動かしながら竜真のものを指でいじった。

竜真はレノックスにしがみついたままひたすら喘ぎ、自らも淫《みだ》らに腰を揺らしていいところに当たるようにした。

「く、ぅ……ん……くぅ」

突かれる快感を知っている体は貪欲で、レノックスと動きを合わせながらもっともっと欲しがる。

足を高く持ち上げられて下からズンズンと突き上げられ、竜真は悲鳴にも似た嬌声をあげる。

「ひぁ……んぅ、あ、あっ」

抽挿は快感の高まりとともに速く、激しくなっていき、やがて竜真の中で爆発する。

「……ああっ！」

それが刺激となって竜真も絶頂へと達し、ビクビクと腰が痙攣《けいれん》する。

体に力が入らず、グッタリとレノックスにしなだれかかった。

「の……のぼせる……」

いくら長く入れるようにぬるめにしてあるとはいえ、さすがに湯に浸かったままの行為は暑すぎる。

目が回りそうなのは行為の激しさか、のぼせか……竜真は全身を真っ赤にして荒い呼吸を整えようとした。

萎えたレノックスのものがズルズルと引き出され、体を掬い上げられて湯から上がる。

軽々と片腕で抱えられ、頬にチュッチュッとキスをされている間に水気は飛び、そのまま竜王の間へと運ばれた。

ベッドに下ろされ、キスは頬から唇へと移る。

「大丈夫か？」

「うん、気持ち良かった……」

「私もだ」

「でも、急ぎすぎたかな……なんか、目が回りそうだったぞ」

「では、もう一度。今度はゆっくりな」

「んー……」

どうしようかなと首を傾げながらも、竜真の顔は笑っている。

レノックスはクスクスと笑い、まだ欲望に燻《くすぶ》る体に愛撫の手を伸ばしてきた。

★　★　★

結局、寝室でも体を重ねることになり、疲れきってそのまま眠ってしまった。

夕食のときは寝入ったばかりでとても起きられず、そのまま夕食抜きで眠っていたのだが、夜中にふと目が覚めた。

レノックスと竜真の間に、人型のアラムがギュウギュウに挟まって眠っている。

「……あれ……アラムだ……」

根負けしたエルマーが入れたのかと思いながら、あふっと欠伸をする。

まだまだ眠い気がするがそれ以上に空腹で、何か食べたかった。

「むむっ……さすがに腰が痛い……」

少々がんばりすぎたかなどと考えながら上体を起こすと、すぐにレノックスが気づいて声をかけてくる。

「竜真……？」

「あ、ごめん。起こした？　なんか、腹が減ってさ。レノックスは大丈夫か？」

「いや、大丈夫じゃない。私もひどく空腹だ」

「だよな。軽く摘ままないと、眠れそうにない。何かあるかなー。今が何時か知らないけど、わざわざ呼びつけるのもなぁ」

「エルマーのことだから、用意させているかもしれない。見てこよう」

そう言うや、レノックスは裸のままベッドを抜け出し、竜王の間から出ていく。

「うーん……さすが竜王様。真っ裸でも堂々としたもんだな……」

ガウンか何か……と探した自分が小さく思えるが、一人暮らしの自室でも裸で動き回ったりしない竜真には無理なことだ。

やがてレノックスはワゴンを押し、手に卵の入った籠を持って戻ってきた。

「さすが、エルマーだ。やはりあったぞ」

ワゴンの一番下の段には折り畳み式のテーブルが入っていて、ベッドの上で食べられるようになっているらしい。

それと、大量のサンドイッチと焼き菓子に果物。果実水。具だくさんのスープもあって、レノックスがあたためてくれた。

「うまっ！　胃に染みる～」

小声でのやり取りだったのだが、食べ物の匂いにアラムが鼻をヒクつかせてノソノソと起き上がる。

「……ごはん……？」

「まだ朝ご飯の時間じゃないよ。オレたち、夕食を食べそこなっちゃったから、今食べてるんだ」

「ごはん……」

育ち盛りのアラムにとって、食べ物の匂いは我慢できない誘惑らしい。欠伸を連発しながら起きて、テーブルに近づいてくる。

「アラムも食べるの？」

「たべる……」

「じゃあ、少しだけね」

「んっ」

サンドイッチを持たせると、モソモソと食べ始める。どうやらまだ半分眠っているような状態なのに、しっかり食べるところがすごい。

「竜族って、食い意地張ってるよなぁ」

「体を維持するためだから、仕方がない。アラムは成長期だし、たくさん食べたほうがいい」

「腹を壊さないか、心配になるんだけど」

「大丈夫だろう。そのあたりは自分で加減できるはずだ」

居眠りしながら食べている姿を見ると、加減できそうには見えない。一つ目を食べきって、またサンドイッチをジッと見ているアラムに聞いてみる。

「もう一個？　お腹、大丈夫？」

「だいじょうぶ……」

「それならいいけど……食べすぎないようにね」

「んっ」

結局、アラムは二個食べて再び眠りに就き、竜真は三個……残りはすべてレノックスの胃に消えた。

「眠い……」

竜真が欠伸をすると、テーブルを片付けていたレノックスが笑う。

「真夜中だからな。朝まで寝ることにしよう」

「うん……卵は？」

「特に変わりはない」

「そっか……早く孵化しないかな。どんな子が出てくるか、楽しみだ」

「そうだな」

アラムを真ん中にしてベッドに入り、感慨深くアラムのプニプニの頬を撫でる。

まだまだ幼子のあどけなさがあるが、旅を始めた頃に比べてずいぶんと成長している。

「アラムも大きくなったよなぁ」

「竜真のおかげだ。水の女神にも感謝を……。アラムがこんなにも元気になり、太陽の暴走が止まり、水不足が解消できる。何よりも、竜真を遣わしてくれた……」

額に優しくキスをされ、手を握られる。

「竜真が……水の女神がもたらしてくれたものは、あまりにも大きすぎる。私は、女神に何を返せばいいのか……」

「感謝だけでいいんじゃないか？　レノックスやこの世界の人たちの感謝は、ちゃんと女神に伝わってると思うぞ」

「神殿を作るか……」

「えーっ、それは勘弁。絶対、オレが担ぎ出されるに決まってる。大丈夫、大丈夫。オレが女神に、みんな感謝してるって伝えておくから」

「そうか？」

「そうそう。だから、もう寝よう。アラムの寝息がスピースピー聞こえて、眠気を誘われる……」

「そうだな。おやすみ」

もう一度優しいキスが降りてきて、アラムを間に挟んだ形で横になる。

「ホント、気持ち良さそう……」

竜真がアラムの肩を撫でると、うにゃうにゃ言いながらもっというように顎を上げる。

「レノックスの赤ちゃん、楽しみだ……」

レノックスと同じ黒竜なのか、卵の色そのままなのか……手のひらに乗るサイズの赤ちゃん竜を想像しながら、竜真はゆっくりと眠りの世界に入っていった。

ぐっすりと眠り込んで、夢の中で水の女神と会った。

「おめでとう。この世界は、良い方向に進んでいる。よくやったな」

「がんばったよー。しばらく、雨乞い旅に出なくてもいいだろう？」

「そうだな。ゆっくりするといい。そなたの産んだ子を可愛がってやりなさい。太陽は本来の姿に戻り、いずれ爪痕の痣を持つ子たちも生まれてくると、竜王に告げてやるといい」

「ああ、喜びそう……オレは、御使いとしての務めを無事に果たしたって思っていいのか？」

「そうだな……もう一度か二度ばかり雨乞いの旅をしたほうがいいが、この世界はすでに危機を脱している」

水の女神の力を持つ、この世界の人間が必要だったという。竜真とレノックスの子なら、太陽と反発せずに干渉することができる。

レノックスとの卵を産んだことで、竜真もこの世界との繋がりが生まれたらしい。

「そうか…務め、果たせたのか……じゃあ……じゃあ、ご褒美くれよ」

「竜王の命を救うのが褒美ではなかったか？」

「うん、それはありがとう。本当に、本当に感謝してる。でも、ご褒美のおまけってことで、オレを元の姿に戻してくれ！　ついでにちょっと背を伸ばして、がんばって鍛えなくても落ちない、夢の筋肉を……！」

「まだそんなことを言っておるのか。却下に決まっている。今更御使いの姿が変わったら、みな戸惑うぞ」

「それは、水の女神の不思議なお力で～とか言うから大丈夫。なぁ～、いいだろ」

「わらわの御使いとして生きていくなら、わらわの美意識に添った姿でないとな。諦めろ」

「ええ～っ。一生、こんな軟弱な姿なんて嫌だ！　髪の色だけ今のままにしておけばいいじゃないか。レノックスは、オレがどんな姿になっても大丈夫だからさ」

「わらわが、嫌なのじゃ。諦めてお帰り。そなたは自分で思っているより疲れておるから、ぐっすり眠るのじゃ」

ペイッと摘まみだされて眠りの世界に戻り、夜明けとともに自然と目が覚めた。

(何かに、呼ばれた気がする……)

か弱く、細い声。

いったいなんだろうとぼんやりしていると、小さなキューという音が聞こえる。

「……ん？」

気のせいじゃないのかと室内を見回して、あっと声をあげた。

「ま、まさか⁉」

竜真は思わず飛び起きて、椅子の背にかけてあったガウンを羽織りながら卵の入った籠へと突進する。

「うわー……」

小さな——本当に小さな水色の竜が、布の上で手足を動かしている。

水の女神と同じ複雑な色合いのウロコと青い瞳を持ち、竜真を見てキューッと鳴く。

「無事に孵化したんだ……よかった……」

触れようと手を伸ばすが、小さすぎてどう触っていいのか分からない。下手に摘まんだら、潰してしまいそうだ。

竜真は指をソッと近づけると、小さな手が掴んできた。

「おおっ……ちゃんと動く。掴める。すごい」

竜真が感動していると、声を聞きつけたらしいレノックスが起きてくる。後ろから肩を抱かれ、一緒に籠の中を覗き込んだ。

「孵化したな……」

「元気っぽいよ。オレ、母乳とか出ないんだけど……何を食べさせればいいんだ？」

「今、竜真の気を吸っている。あとで私の気も吸わせ、果物を搾って飲ませればいい。そのあとは、肉や穀物をやわらかく煮たものだ」

「へぇ……オレの気、吸ってるのか……」

小さな爪でムニムニされているのは分かるが、吸われている感じはしない。

「小さすぎて、触るのが怖い。潰しちゃいそうだ」

「こんなに小さくても、竜族の子は頑丈だぞ。うっかり踏んづけても、なんともない」

「マジか？　それ、すごいな」

「ウロコが守ってくれる」

「ああ……硬いもんな」

そのウロコを、隕石のかけらが突き破ったときのことを思い出し、竜真はブルリと震える。

こうして無事で隣に立ち、子供まで授かったのが夢のようだ。

レノックスが瀕死になったからこそ分かった、自分の本当の気持ち。元の世界に戻ることより、レノックスのほうが大切なのだと知ることができた。

「……夢の中で、女神におめでとうって言われたぞ。よくがんばったって、褒められた。太陽は本来の姿に戻っていて、いずれ爪痕の痣を持つ人間が生まれてくるってさ」

「爪痕の痣を持つ人間が……？」

「レノックスに伝えてやれって言われたから、本当に生まれてくると思う。でも、よそ見はダメだからな」

「ああ、それはもちろん。私は、竜真のものだ。だが、爪痕の痣を持つ人間は、他の竜族たちの伴侶となりうる……未来に繋がる子たちが生まれるかもしれない」

「よかったなー。あ、女神に礼、言い忘れた……まぁ、いいか。オレのお願いも聞いてくれなかったし」

「お願い？　それはなんだ？　私に叶えられることなら――……」

「ああ、無理、無理。女神にしか、無理。オレの姿を、元に戻してくれって言ったんだよ。レノックスは、オレの背がこれくらいになって……体つきが逞しくなっても気にしないだろ？」

「気にしないな。それくらいなら抱えて運べることだし」

「ム、ムカつく……」

　元の姿に戻ったところで、レノックスとは二十センチ以上の差がある。美しく鍛えた体も、レノックスと比べると細くて頼りなく見えるのも自覚ずみだ。

「天然ものへの嫉妬が止まらない……だから元の姿プラス十センチくれって言ったのに……うーっ……せめてお前は、レノックスに似た天然マッチョになれよ。美形の天然マッチョなんて、いいなぁ」

「この子は竜真の色を受け継いでいるから、竜真に似るんじゃないか？」

「えっ、じゃあ弱っちい姿になるのか？　かわいそう……うーん、確かにオレの髪と同じ色だよなぁ。卵のときも思ったけど、この子、水の女神の子供でもあるんじゃないかな。オレの中には、女神の力がたっぷり入ってるから」

「そうだな。複雑な色合いの、実に美しいウロコだ。この子が太陽を宥めてくれたのか……そのおかげで、爪痕の痣を持った子が生まれてくる……みなに教えたら、きっと感激するぞ」

竜真とは違うルートで水瓶に水を満たして回っていた水竜たちはとっくに帰城してのんびりしているし、火竜も太陽の暴走の後始末を終え、氷竜も氷山や氷河はもう大丈夫らしいと戻ってきていた。

久しぶりにすべての竜族が城に集まっている。

レノックスは竜真の体をクルリと回して正面から向き直り、肩を掴んで真剣な表情で見つめてくる。

「竜真」

「は、はいっ」

改まった雰囲気に、竜真は戸惑ってしまう。

「ちょうど今夜は満月だ。……竜真、私の花嫁になってくれないか？」

「う？　え？　は、花嫁……？」

大広間の絵姿を見ているから、竜王の花嫁に男性がいるのは知っている。けれど、その花嫁に自分がなるなんて考えたことがなかった。

困惑する竜真の手を包み込み、レノックスはさらに言う。

「ああ。私の花嫁は、竜真しかいない。私の花嫁となって、運命をともにしてほしい」

そこで竜真は、竜王の花嫁は竜王と同じだけの寿命を持つことになり、竜王が死ねば一緒に死ぬのだと教えられる。

「竜王の寿命って、どれくらい？」

「五百年といったところかな」

「長っ！　レノックスは今、何歳なんだ？」

「百歳までは数えていたが……あれから、二十年くらい経っているか……」

「あー……それだけ寿命が長いと、いちいち数えなくなるか。オレの寿命は八十年から百年くらいだから、ずいぶんお得だな。何より、レノックスを置いていかなくてもいいのが嬉しいかも……」

竜真の寿命が尽きてからの数百年を、レノックスは一人で生きることになる。

そんなのかわいそうだと思う反面、レノックスを慰める女性なり男性なりの存在は許せないとも思う。

レノックスに孤独になってほしくないが、自分以外の誰かを抱くなんて絶対に嫌だった。

「……うん、花嫁になる。こっちの世界で生きると決めたんだから、ずっとレノックスといられるのは大歓迎だ」

「そうか……花嫁になってくれるか……ありがとう」

「どういたしまして。男なのに花嫁っていうのが、ちょっと抵抗あるけどさ。かといって、竜王の花婿というのもなんか変だしなぁ。仕方ないか」

水の女神の御使いにされて、こんな姿にもされて、ついには竜王の花嫁である。あまりにも盛りだくさんの激動人生に、笑ってしまいそうになった。

「この子の披露目も一緒にできるな。竜族にとっては、二重の喜びだ。……ああ、そういえば名前はどうしようか」

「うーん……そうだなぁ……やっぱり、竜礼《りゅうれい》？　一番綺麗な響きだし」

竜真がそう言うと、レノックスの笑みが深くなる。

「私も、竜礼がいいと思っていた。この子の綺麗なウロコに合う」

「だよなー。うん、竜礼に決まり！　よろしくな、竜礼」

「キュー」

竜礼と名付けられた仔竜は、差し伸べられたレノックスの指を吸う。そして満足したのか手を離して、ポテッと横になってあっという間に眠ってしまう。

「可愛いなぁ」

「この頃の仔竜は、眠っている時間が長い。人型を取れるようになるまでは、意思の疎通もあまりできないな」

「へー。そういえばアラムも、竜の姿で話せるようになったのは、人型になれるようになったあとか……」

言っていることは分かっていたようなのだが、うまくこちらに伝えられなかった。そしてそのアラムは仔竜の姿に戻っていて、気持ち良さそうにスピスピ眠っている。

枕元の紐を引っ張ってエルマーを呼ぶと、すぐにやってきて挨拶をしながらまだ眠っているアラムを抱き上げる。

「エルマー、ほら、見て。卵、孵ったよ」

「え？　ああっ！　おめでとうございます。竜真様の御髪と同じ色ですね……この子は水竜ということになるのでしょうか？」

「たぶんね。水の女神の力がたっぷり入っていそうだから、他の水竜とはちょっと違うと思うけど」

「何はともあれ、本当によかったです。アラム様、アラム様、起きてください。卵が孵りましたよ」

「キュ〜？」

抱き上げられてもまだ眠っていたアラムが、名前を呼ばれながら揺すられて、渋々と言った様子で目を開ける。

『……あかちゃん！』

自分より遥かに小さい仔竜を見つけ、キュウキュウ言いながら手足をバタバタさせた。

レノックスは眠っている竜礼をソッと摘まみ上げ、アラムに抱かせる。

「まだ赤ん坊だから、少しだけな」

「キュー……」

エルマーに抱っこされた仔竜が、生まれたての赤ん坊竜を恐る恐る抱きしめている。

「か、可愛い……ヤバい。マジ、可愛い……」

なんでカメラがないんだと文句を言いたくなるほど、絵になる光景だった。

「それにしても……摘まみ上げられても起きない竜族……」

「子供は眠りが深いものだ」

「まぁ、そのほうがいいけどな……」

神経質な子より、図太い子のほうが育てやすいに決まっている。

(図太い……じゃなく、おおらかっていうことにしておこう……)

竜礼は、育てやすそうな子供なのだと納得することにした。

竜礼を籠の中に戻して身支度をすませ、居間へと向かう。

朝食の席でレノックスがエルマーに、今夜竜真を花嫁にすると言った。

エルマーは喜びと困惑とを顔に浮かべ、急すぎますと文句を言う。

「竜王様と御使い様の婚儀ですよ？　衣装の準備が！　レノックス様はいくらでもありますが、竜真様のお衣装を仕立てませんと」

「あるものでいい。竜真はそのままでも充分美しいからな」

「そんなわけにはいきません。せっかくお美しいのですから、ふさわしいお衣装を着ていただきたいではありませんか」

竜真を着飾らせることに並々ならない情熱を注いでいるエルマーらしい言葉だ。

「すでに竜真様の正装は仕立てさせているのですが……何ぶん織りからですので、もう少しお時間がかかりそうなのです。次の満月までにはできあがるのですが……」

「ダメだ。そんなに待てない。竜真が花嫁になってくれると言ったのだから、一刻も早いほうがいい。絶対に今日だ」

「そ、そんな……竜真様も、どうせなら特別仕立てのお衣装のほうがよろしいですよね？　次の満月にいたしましょう」

エルマーに縋るような目で見つめられるが、あいにく竜真はエルマーと違って衣装にこだわりはない。

「いや、別に。衣装なんて、なんでもいい。派手なのより、普通のほうがいいや」

「派手なんて、とんでもない。嫋やかで美しい竜真様にピッタリの、可憐で美しいお衣装ですよ」

鼻息荒く言われ、ますます御免こうむりたいと呟いてしまう。

「下手に時間があると怖気《おじけ》づくかもしれないし、オレも早いほうがいいな」

「そんなぁ」

「では、決まりだな。婚儀は今夜。竜礼の披露目も一緒にする」

「ああ、お名前は竜礼様に決まったのですね。美しい響きがお似合いです」

竜真にはピンとこないのだが、竜礼という名は、この世界の人間にとって耳に心地よい響きらしい。いくつか候補に挙げた名前の中で、レノックスもエルマーもこれが一番のお気に入りだった。

婚儀は夜に行われるから、それまで竜真がすることは大してない。

血相を変えて走り回っているエルマーを気の毒に思いながら、アラムや竜礼とのんびりしていた。

さすがのレノックスも、自分から言いだした急な婚儀に忙しそうである。

「やっぱり、次の満月にしたほうがよかったかな？」

「りょーま、にいちゃのおよめさん～」

「そうだよ、もう子供がいるから、でき婚だな。超少子化のおかげで、大歓迎されてよかった」

いまどきの日本では珍しいことではないし、竜真の勤めていた会社にもいたが、やはり計画性がないと眉をひそめる人々は一定数いた。いわゆる王族ならさらに大変そうだから、竜王であるレノックスのでき婚に文句を言われないですむのはありがたかった。

昼食のために戻ってきたレノックスを労いつつ一緒に食べたが、この日は珍しく山盛りのサンドイッチのみだった。

しかも、一種類しかない。急遽《きゅうきょ》決まった婚儀のご馳走を作るため、料理人たちがてんてこ舞いらしい。

次の満月にすればよかったんじゃないかという竜真の言葉は、レノックスに「私が嫌だ」と否定されてしまった。

「こういう、嬉しい忙しさというのはいいものだ。みな、楽しそうに走り回っているぞ」

「そうなんだ。なら、いいけど」

実際、誰よりも忙しそうにしているエルマーは、ずっとニコニコ顔である。竜王の花嫁のための衣装部屋を漁って、婚儀にふさわしいと思われる衣装を選んでくれた。

金糸で編まれたベールに、金糸がたっぷりと散りばめられた衣裳。何代前かの竜王の花嫁が着用したとかで、少し手直しするだけで着用できた。

すべてが手作業の世界だから、こうした衣装は贅沢品である。一着仕立てるのに半年から一年――大切に次代に継いでいくものらしい。

陽が沈んですぐに風呂に入らされ、上がったところでそれらの衣装を身に着ける。それだけでなく、ネックレスやイヤリングといったアクセサリー類まで用意されていて、これ以上ないほど着飾らされた。

鏡は見ないが、出来栄えは悪くないらしい。エルマーが美しいと呟き、うっとりとしているのが切なかった。

光沢のある黒の生地に豪華な金の刺繍という正装姿のレノックスは、普段よりさらに男ぶりが上がっている。

頭に王冠を戴《いただ》き、竜王の威厳を身にまとっていた。

「か、格好いい……」

「竜真も美しい。やはり、正装は格別だな」

「それはオレのセリフだよ。……やばい。人外の美形すぎて、照れる」

改めてレノックスの美貌を意識し、今更ながら動揺してしまう。

顔を赤くしてワタワタしていると、レノックスに熱っぽい目で見られて、カーッと体温が上昇した。

「そんな可愛い顔をされると、困るんだが……婚儀を後回しにして、寝室に連れていきたくなる」

「あう……」

やっぱりそんな顔をしていたかと、竜真はますます恥ずかしくなる。レノックスの目を瞠る男ぶりに、体がムズムズするのだ。

しかし盛り上がりかけた気持ちは、エルマーによって霧散させられる。

「はいはい、仲がよろしいのはいいことですが、婚儀は後回しにできませんからね」

「…………」

「…………」

そもそも、レノックスと竜真が無理を言って今夜にしたのだ。

レノックスはふうっと息を吐き出すと、竜真の手を握った。

「……行こうか」

「うん」

華やかに飾られた大広間に集まった、三十人の竜族。レノックスは竜真を花嫁の椅子に座らせ、自分は玉座に座った。

そしてエルマーがアラムを抱っこしながら後ろからついてきていて、手には竜礼の入った籠が大切そうに抱え込まれている。

竜族たちの目は、孵化したての赤ちゃん竜に釘《くぎ》づけだ。

待望の仔竜が生まれたこと、そしてそれを産んだのが水の女神の御使いである竜真なことに喜びの声がさざめく。

「——みな、今までご苦労だった。長年の懸念だった太陽の暴走が治まったのは、みなも気がついただろう。水の女神がもう大丈夫だと……本来の姿に戻ったと保証してくれたから、安心するといい」

「ああ、よかった……」

「ホッとしました」

「太陽が治まったのは、私と、水の女神の御使いである竜真が愛し合い、子を授かったからだそうだ。御使いと竜王……二つの気を孕《はら》んだこの子が、太陽を宥めてくれた。異変は治まり、それによっていずれ竜族の子を産める、爪痕の痣を持つ人間も生まれてくるらしい」

「おおっ！」

「信じられない！」

「なんと……素晴らしい朗報です」

わーっとあがった歓声が治まるのを待って、レノックスが宣言する。

「今宵は、満月。私は竜真を、私の花嫁にする」

「おめでとうございます！」

「レノックス様、竜真様、おめでとうございます」

祝福の嵐に、竜真は安堵する。一応は御使いだし、すでに仔竜も産んでいるし、反対はされないだろうと思っていたが、やはり一抹《いちまつ》の不安があったのだ。

立ち上がったレノックスが、竜真も立ち上がらせてバルコニーへと誘導する。

何をするのか、竜真は知らない。黙ってレノックスを見ていると、レノックスは左手だけを竜化した。

（こんなこともできるのか……）

感心する竜真の目の前で、レノックスの黒いウロコは透明になり、まるで月の光を吸い取ったかのような色へと変わっていく。

「すごい……」

竜族というのは本当に、どういう生き物なのかと目を瞠る。その存在も、為せる業も、竜真にとっては不思議で仕方なかった。

竜化した手は不思議なきらめきを放ち、レノックスは指先の小さなウロコを爪で引っかけて一枚剥ぎ取る。

「これを竜真が飲めば、竜真は私の花嫁となり、生死をともにすることになる。飲んでくれるか？」

「もちろん」

迷う必要はない。竜真は即答すると、アーンと口を開けた。

「……………」

舌の上に乗せられる、レノックスの不思議なウロコ。味も香りもなく、あっという間に溶けてなくなった。

「消えちゃったよ。……ん？　ん？　何か……」

変な感じがすると竜真は眉根を寄せてその感覚を追うが、嫌なものではない。

(むしろ、心地いいような……)

馴染みのない熱の塊が、血液を伝って体内を駆け回る。頭の天辺から爪先まで熱が行き渡り、全身がカーッと熱くなった。

竜真を取り巻く空気が変わり、包み込むような優しさを感じる。

五感が開いて鋭敏になり、目も耳も良くなったような気がした。

この瞬間、竜真は異世界からの客人という立場から、この世界に愛される竜王の花嫁になったのだと分かった。

「ふ……う……」

「大丈夫か?」

大きく息を吐き出した体を支えられ、竜真は笑みを向ける。

「大丈夫。無事に、レノックスの花嫁になれたみたいだ」

「そうか、よかった。疑っていたわけではないが、水の女神の御使いが花嫁になるのは初めてだからな。少し心配だった」

「オレも。少しだけね。拒絶反応とかなくてよかったよ」

「本当に」

どちらともなく抱きしめ合っていると、再びおめでとうございますと歓声があがる。

世界の危機という未曽有の事態に現れた救世主が竜王の花嫁になったという事実が、彼らを歓喜させている。

ましてや二人にはすでに次代へと続く仔竜がいて、爪痕の痣を持つ人間もこれから生まれるという神託が下っているのである。

長年の間、彼らを覆っていた暗雲は晴れ、未来は明るい。

レノックスに手を取られて彼らの中に入っていくと、口々に感謝と祝いの言葉を捧げられた。

ついでに美しい、可憐だなどという言葉も聞こえてきたが、イラッとするので聞こえなかったことにする。

竜族というのは、不思議な素直さを持っている。

何百年も生きるというし、この世界の最上位種で、もっと傲慢でもおかしくないと思うのに、基本的に善良な性質らしい。

だからこそ、水の女神も気に入ったのかもしれない。

向けられる好意に偽りはなく、言葉の裏を読まなくてもいいのは楽だ。竜王の花嫁となった竜真には、そういったことが分かるようになっていた。

この世界に根付いたのだと、全身で感じる。彼ら竜族たちのことも、仲間というよりは養い子のように感じるのはきっと、レノックスの感覚を共有しているからだ。

自分よりずっと長く生きているのに、彼らが愛おしいと、守らなければいけないと感じる。

名実ともに、今の竜真は竜王の花嫁だった。

——そして、一年後。

三度目の雨乞い旅を終えてのんびりしていた竜真たちのところに、慌てた様子の火竜が飛び込んでくる。

「大変です、大変です！」

悪い知らせではないのは、喜びに輝いた表情で分かる。

彼はひどく興奮した様子で、手をブンブン振り回しながら言う。

「子供が……竜の爪痕の痣を持つ子供が、生まれました！　女の子です」

「ついにか！」

「はいっ。知らせを受けて確かめてまいりましたが、間違いないと思います。私は本物の痣を見たことがありませんが、この子はそうだと感じたのです」

「それなら、その子の痣は本物だろう。我々は、花嫁になれる子を見れば、そうと分かる」

「では——……」

「ああ。ついに、爪痕の痣を持つ子が生まれた。素晴らしい朗報を、他の者たちにも伝えてやるといい」

「はい！」

弾むような足取りで出ていった火竜を見送り、レノックスはほうっと吐息を漏らす。

「安心した？」

「ああ……」

「よかったな。今日、夢の中で女神に礼を言っておくか」

「そうしてくれ。本当に、水の女神には感謝しかない」

人型になれるようになった竜礼は見事に竜真に似ている。

レノックスの溺愛ぶりは大変なものがあり、人型になっていると抱っこせずにはいられないらしい。今もケーキを堪能する竜真の横で、竜礼を膝に抱いて生クリームを舐めさせていた。

「こうして竜真そっくりの我が子を抱き、爪痕の痣を持つ子の誕生の知らせを聞けるとは……幸せなことだ」

「女神は、爪痕の痣を持つ子たちって言ってたから、一人で終わりっていうことはないと思うぞ。次から次へと生まれてくるかもな」

「それは——……そんなことが起きたら、嬉しすぎて恐ろしくなるかもしれないな」

「なんで恐ろしくなるんだよ。太陽の暴走で抑え込まれていた本能が解放されたせいか、動物が出産ラッシュだって言ってたじゃないか。爪痕の痣を持つ子たちも同じかもしれないぞ。いいことだろ」

水の女神の恩恵を含んだ雨のおかげで畑や森は生き返り、野菜もスクスクと育っている。今なら出産ラッシュを迎えても、飢える心配はなさそうだ。

それが分かっているからこそ動物たちも子を産むのだろうし、世界が順調に回復している証拠だった。

「いいことばかり続くと、また何か不吉なことが起きるかもしれないという不安に襲われるんだ。つらい時間が長かったからかな」

「ああ、そういうことか……大丈夫。水の女神の保証つきだ」

細かく入ってくる情報はすべての竜族に伝えられ、安心へと繋がる。今回の朗報はこれまでとレベルが違うから、彼らは歓喜で沸くはずだ。

レノックスは竜真を抱きしめ、額や頬、唇に優しいキスの雨を降らせる。

「ありがとう、竜真……竜真こそが、私の幸せの象徴。私のすべてだ」

「ん……オレも、幸せだよ。好きな人とずっと一緒にいられるのって、贅沢だよな」

「ああ、本当に」

二人はクスクスと笑いながらキスを交わし、うっかり竜礼を潰してしまう。

「うぷぅ」

「あ、ごめん、ごめん」

める。

「ぶーっ」

「怒らない、怒らない。はい、生クリーム」

指で掬った生クリームを口に持っていくと、すぐに機嫌を直して指ごとチュウチュウ吸い始
める。

「れい、赤ちゃんだねー」

自分より年下の子ができたアラムは、何かとお兄ちゃんぶる。以前は竜真に食べさせてもら
いたがったのに、今はちゃんと一人で食べていた。

「まだ一歳だからね。アラムは本当に大きくなったよね」

「アラム、お兄ちゃんだもん」

それでもまだまだ子供に変わりはないから、オヤツを食べたらお昼寝だ。

竜の姿にならせて、竜礼と一緒にベビーベッドに寝かせる。

「ううっ……大小の仔竜……めちゃくちゃ可愛い！」

あふあふと欠伸をしながらアラムが竜礼を抱え込む姿に、竜真は悶えてしまう。

「オレ、レノックス似の黒竜の子も欲しいな。きっと可愛いぞ」

「嫌ではないのか？」

「なんで？」

「卵を産むのに、抵抗がありそうだった」

「ああ、オレの世界じゃ男は子供を産めないし、卵で産むこと自体、ありえないんだ。そういう常識を崩すのって、大変なんだよ。でも、実際産んでみたら、気がつかないほど楽だったからなー。あんなに楽なら、十人でも二十人でもいいぞ」

「頼もしいことだ」

「女神がオレを御使いに選んだのは、オレが図太いからなんだってさ。失礼しちゃうよな。柔軟って言えっての」

「おかげで、竜真が私の元に来てくれたわけか……」

「そうそう。オレの柔軟さに感謝しろよ」

「ああ。感謝する。子供も、たくさん欲しいな。竜真の子は、きっとみんな可愛い」

「うーん。オレ、愛されてるなぁ」

「もちろんだ」

子供たちが昼寝をしている間は、二人だけの時間だ。気の利くエルマーは、よほどのことがないかぎり邪魔したりしない。

竜王にとって子作りは責務であり義務でもあるが、気持ちが良くて、愛し、愛されていると実感できるこの行為なら、いつだって歓迎だ。

竜真はレノックスの膝の上に乗り、キスをしながら好きなだけいちゃつくことにした。

爪痕の痣を持つ子が生まれたという報告が三週間後にももたらされ、それからまた一ヵ月後にも。

——そして半年後、竜真はまた毛布の中から転がり落ちた卵を見つけることになる。

「おおっ⁉　レノックス、卵、卵！」

「何⁉」

竜族にもたらされる朗報は、尽きることなく続くのだった。

花嫁の帰還

雨乞い旅の一巡目が無事に終わり、ようやく孵化した仔竜の竜礼《りゅうれい》も元気いっぱいだ。それに竜礼が生まれてからというもの、太陽の暴走が治まって安定し、一度もフレアを起こしていない。暑さもずいぶんと治まってきていて、エルマーが用意する竜真《りょうま》の衣装も少し生地が厚くなった。

この世界の危機や心配事が良い方向に進んでいるのを確認し、竜真は一度、自分の世界に戻ることにした。

この世界にずっといるなら、一人暮らしの住まいをなんとかして、家族にきちんと別れを告げたい。

それについてはレノックスも了承してくれたはずなのに、いざ行くと告げると難色を示した。顔を曇らせ、不安を面に出す。

竜真もレノックスが何を心配しているか分かっているので、バカだなぁと笑う。

「ちゃんと帰ってくるってば。オレが、帰ってこないわけないだろ」

「それは……そう信じているつもりだが……」

「それでも不安になっちゃうわけか。おかしいなぁ。オレ、ちゃんと好きだぞって伝えてるのに」

「ああ、伝わっている。それでも不安になるのは、私の弱さだな。大丈夫と思っていても、もし竜真が戻ってこなかったらと思ってしまうんだ」

「大丈夫、大丈夫。戻ってくるよ。オレ、レノックスと離れて暮らしたくない。オレたちの子もいることだし」

まだ手のひらに乗るサイズの小さな竜は、籠の中で仰向けになって呑気に眠っている。水の女神の加護たっぷりで、竜真の髪とまったく同じウロコの色だ。

まさか自分が竜の子供を――しかも卵で産むなんて思いもしなかったが、竜礼とは絆のようなものを感じる。見た目は竜でも、ちゃんと親子なのだと感じられた。

レノックスと竜礼は、竜真の家族だ。竜族の伝統にのっとった結婚式も挙げていて、竜王の花嫁として正式に認められてもいる。まさしく所帯を持った竜真が、家族を捨てるはずがない。

竜真は笑いながらにじり寄って、レノックスの膝の上に座る。

チュッチュッとキスをし、綺麗な金色の瞳を覗き込んだ。

「絶対、絶対、戻ってくる。レノックスのこと、愛してるんだ。自分の世界より、両親や兄妹たちよりも、レノックスと一緒に生きていくのを選んだんだよ」

「ああ、そうだな。分かってはいるんだ……」

自分の弱さに、肩を落として悄然《しょうぜん》とするのが可愛い。竜真はクスクスと笑い、キスを再開した。

もっとも今度のは、先ほどのとは違う。レノックスの唇を舌で突いて開くよう訴え、口腔内をまさぐる濃厚なものだった。

「ふぅ……ん……」

レノックスとのキスは、いつだって気持ちがいい。

レノックスもすぐに応えたため、二人は夢中になってキスを貪り合った。

当然、体も熱くなってくる。

交わす視線で互いに欲しがっているのを確認すると、レノックスがスッと唇を離して言う。

「……竜礼を、アラムのところに置いてくる」

「オレ……先に寝室に行ってる」

その気になっているが、腰が立たないほどではない。それでも少しばかりおぼつかない足元を気にしつつ、竜真は竜王の間へと向かった。

扉を閉め、服を脱いで毛布の中に潜り込む。

期待に胸を熱くしていると、レノックスがやってきた。

「………」

竜真は手を伸ばして、レノックスを誘う。

すぐにその手は取られ、甲に唇が触れたと思ったら、それは徐々に上腕へと移ってきた。

ゾクリとした快感が背筋を駆け抜ける。

思わず手から力が抜けて掴んでいた毛布が滑り落ち、裸の胸が露《あら》わになった。

「積極的だな」

「オレに愛されてるのを、レノックスに実感させてやろうかと思って。今日はオレがするから、レノックスは手を出すなよ」

「それは……楽しみだな」

男同士で受け身という立場上、セックスのときはレノックスにリードを任せきりだった。だが行為にはずいぶんと慣れたし、やり方も分かった。今なら竜真のほうからすることも可能なはずだ。

竜真はレノックスをベッドに仰向けに横たえさせ、キスをしながら服をはだけさせる。今の竜真にとって乳首は危険な性感帯だから、レノックスも同じだろうと乳首をいじってみる。

（……あれ？）

刺激によってすぐに尖ってしこる竜真の乳首と違って、レノックスのそれはまったく反応しなかった。

（竜族の乳首は、性感帯じゃないのか？　そもそも卵生だし、母乳も飲まないんだから、乳首なんて必要ない気がする……人間を形だけ模倣しただけってことなのかも）

それでもレノックス自身は、竜真のキスと愛撫によって高ぶりつつある。乳首で感じないとなれば、下半身を攻めるしかない。

竜真はレノックスのズボンを脱がし、取り出したものに手で触れる。

「むー……しみじみデカい……」

体格が体格だから当然かもしれないが、同じ男としてコンプレックスを感じる大きさである。

「無理そうなら、私が……」

起き上がろうとしたレノックスを手で押さえ、竜真は口を尖らせた。

「オレがするんだから、レノックスはおとなしくしてろ。ただ、ちょっと……大丈夫かなと思っただけだ」

何度も受け入れてきているし、傷ついたこともない。大丈夫だと知っているのに、いざそれを目にして大きさを手のひらで感じ取ると、本当に入れられるのか心配になった。

竜真は立ち上がったレノックスの分身をマジマジと見つめ、凶暴そうだと呟く。そしてとても片手では無理だから、両手を使って包み込んだ。

上下に動かし始めると、ピクリと震えてムクッと大きくなる。

竜真が手を動かすごとに膨らむそれは、完全に立ち上がると凶暴なんていうものではすまなかった。

「……これが入るオレ、すごい」

愛だなぁなんて呟きながら、やわやわと揉んだ。

レノックスのものだと思えば怖くないし、素直に反応して大きくなるのが楽しい。

面白がってせっせと手を動かしていると、レノックスの手が無防備な尻を撫で、隠れた蕾を揉み込んできて、竜真の体がビクリと跳ね上がった。

「……あ⁉　ちょっ……レノックス⁉」

非難を込めて睨みつけるが、レノックスはクスクスと笑うだけで指を動かすのをやめようとはしない。

「竜真は忙しいようだから、手伝おうかと思ってな」

「気が散るからっ」

「気にしなくていい」

「気にならないわけ、あるか！　……あんっ」

濡れた指が中に潜り込み、弱いところを突いたことで、竜真の喉から甘い声があがる。

「うー……ずるいぞ。オレがやるって言ってるのに……」

「もちろん、楽しみにしている。続けてくれ」

「こんなことされて、続けてられ……ちょっ、やめろってば！　んうっ、あ、あ」

夜ごと竜真の感じるところを研究しているレノックスと、今日始めたばかりの竜真では太刀《たち》打《う》ちできない。

肉襞を擦られ、中を探られる感触にブルリと腰を震わせる竜真に、レノックスが熱っぽい吐息を耳に吹きかける。

「竜真が、悩ましくも可愛らしいことをするから、我慢ができなくなった」

「ふぁっ……そこは、もうちょっとがんばって、我慢を……んっ、んぅ……ダメだって、言ってるのに……っ」

指が二本に増え、体のあちこちを撫で回されては、もうレノックスを愛撫するどころではない。膝が崩れ落ちないように体を保つだけで精いっぱいだ。

「ずるい……ずるいぞ、レノックス……」

「続けてくれていいのに」

レノックスは笑ってそんなことを言うが、中で動き回る指は弱いところばかり突いてくるし、もう片方の手は乳首をいじっている。

「あっ！　やっ……そこ、ダメ……んんっ」

竜真の口からは甘い声が漏れ、為す術もなくレノックスに翻弄されることになる。

とろけた秘孔にレノックスの大きなものが入り込んでくると、竜真はずるいずるいと言いながら、下からの突き上げに甘い嬌声をあげた。


夢の中で女神に会った竜真は、自分の世界に送ってくれるように言う。

「構わぬが……竜王の愛を注がれ、子まで産んだそなたの存在は、すでにこの世界と固く繋がっている。引き寄せられる。そなたが元の世界にずっといたいと言えば、その縁を完全に断ち切らなければならないし、元の世界と何度も行き来するのも無理だ。バランスが崩れかねないからな。それゆえ、戻るのは一度きり。どちらの世界を取るのかの決断も一度きりだぞ」

「分かった」

「戻るときは、水に浸かってわらわに戻りたいと願うのだ。――では、溺れぬようにな」

どういう意味だと聞く間もなく、戻されたのは自室の湯船の中。一瞬パニックになって足を滑らせ、頭まで湯に浸かってしまった。

そういえば風呂に入っていたんだと思い出し、なんとか体勢を立て直してゲホゲホと噎《む》せる。

「は…鼻にお湯が入った……」

しかしのんびりと風呂に入っている場合ではない。早くレノックスの元に戻るためには、迅速な動きが必要だ。

竜真は慌てて湯から出ると、タオルで体を拭き、ガウンを羽織ろうとした。

「……お？」

ずいぶんと久しぶりに自分の姿を見た気がする。

竜真は鏡に映った自分の姿を、惚れ惚れと見つめる。

「おおっ、久しぶりのオレ！　やっぱり、どう考えてもこっちのほうがいいよなぁ。あのババア、趣味悪いんだから」

今は額飾りがないから、悪口を言い放題だ。

竜真はフンッと力こぶを作ったり、全身の筋肉をチェックしたりしながら文句を言う。

「いくら美人でも、性格がジャイアンじゃなー。そもそも、何歳だよ。あの言葉遣いからして、きっととえらい年寄りだよな。超若作り。わがまま。俺様。少しはオレの希望も聞けっ。……しかしこうして見ると、レノックスの体と比べて激しく見劣りするな……かといって、オレの身長であんまり筋肉をつけるとムキムキ感が出るし。レノックスの身長と天然筋肉が欲しい……」

叶わない希望と分かっている竜真はガクリと肩を落とし、ガウンを羽織ってリビングに行く。

机の引き出しを探り、入社時にもらった就業規則を引っ張り出した。

「退社、退社……ええっと、国の就業規則に準じる……」

国の就業規則はどうなっているんだと、ノートパソコンを開いて、検索をかけた。

「最短での退職は、ええっと……十五日までに申し出れば月末……今日は何日だっけ？　おっ、ラッキー、十三日か」

明日、出社したら退職願を出すために、それも検索して書式を手に入れ、プリントアウトする。

それからマンションを引き揚げるための情報や、必要なことをあれこれパソコンで調べた。

それに、一番重要な、実家への電話。

連絡も取れない場所に行き、二度と帰ってこないかもしれない言い訳を考えるのは難しかった。

なんと言うのがいいのかずっと考え続けていて、結局、「南米のジャングルで動物保護と違法伐採の監視をする」と伝えることにしていた。竜真は小さい頃から動物系の番組や、野生の生き物のドキュメンタリーが好きだったから、一番ありそうな理由だと思ったのである。幸いにして勤めている会社も外資系なので、それも説得力を持たせてくれるだろうと考えた。何より、ジャングルの奥地なら連絡を取れない言い訳にもなる。

何度もシミュレーションした内容を思い起こしながら、竜真は実家に電話をした。

出たのは母親で、当然のことながら驚き、反対された。

動揺する母親から父親に代わって、やはり同じように反対されたが、さすがに父親のほうは冷静だ。あれこれ聞かれたあとに覚悟はあるのかと聞かれ、竜真は決意を声に込めて「ある」と答えた。

そうか……という呟きのあとに、母親は大丈夫だから、好きな道を選べと言われる。

「ありがとう、父さん」

『出発前に、顔を見せに来てくれ』

「うん。マンションを引き揚げるから、そっちから会社に通うことになるかも」

兄と妹にも電話で説明し、全部処分するから家具や服など、欲しいものがあったら持っていってくれと伝える。

社会人二年目の妹は大反対だったが、そのくせそろそろ一人暮らしをしたいと言っていたので、大喜びで見に来ると言っていた。

お礼にご飯奢《おご》るねーと明るく言われ、竜真は笑みを浮かべる。

懐かしい、家族の声。

竜真の両親は仲が良く、兄には可愛がられ、甘えてくる妹は可愛い。平凡で、幸せな家族だった。

週末は兄と妹に好きな家財道具を選んでもらい、妹に借りさせたトランクルームに移す。あとは売ったり捨てたりと忙しかった。

会社では引き継ぎや挨拶回りの日々である。

一週間でマンションを空っぽにし、実家に戻った。

これから、会社を辞める月末まで住むことになる。竜真の部屋は昔のままで、懐かしさが込み上げた。この世界とお別れだと思うと、一秒一秒がとても大切なものだった。

テレビもスマートフォンもない世界で早寝早起きが身についた竜真は、誰よりも早く起きて近所を感慨深く散歩し、母親と一緒に朝食を作る。出社して忙しく働き、昼食は向こうの世界で食べられなかったものを食べまくった。

トンカツ、天ぷら、パスタ、ラーメン……特に寿司は、もう二度と食べられないものという気がしたから、自然と頻度が高くなる。

早く家に帰れたときは、母親に料理を教えてもらいながら夕食の手伝いをした。何しろ異世界では、自分の食べたいものは料理長に作り方を教える必要がある。

今のところ醤油や味噌といった調味料は見つかっていないから、それらを使わない料理を主に教わりたいと伝える。行くのは南米の奥地と伝えたおかげで、疑われずにすんだのはありがたかった。

いわゆる給食のおばさんをしている母親は調理師であり、粉ものが大好きで、パンやピザ、パスタまで手作りする人なのは幸運だ。

一人暮らしをしたい妹も加わって週末は朝から料理教室が開かれ、兄まで食べにやってきたりした。なかなか連絡が取れない――もしかしたら二度と会えないかもしれない弟との別れを惜しんでくれているらしい。

社会人となり、兄と竜真が家を出て一人暮らしをしてからは、両親の誕生日や年末年始くらいしか全員が揃うことはなかったから、母親は大喜びだ。意図せずして、最後に親孝行することができた。

忙しくも充実した毎日の中で、ふとした拍子にレノックスやアラム、小さな竜礼を思い出す。

夜、ベッドに入ったあとは、レノックスが恋しくてたまらなくなる。愛を確かめ合い、抱き寄せられて眠るのに慣れてしまっているから、一人でベッドにいるのが寂しかった。

こんなにも愛おしいのに、レノックスと離れて暮らすなどありえない。

自分の世界に戻り、改めてレノックスが好きだと強く感じる。

「レノックス……」

竜真は毛布に包まれて丸くなると、自分を抱きしめて寂しさを紛らわせ、眠ろうとした。


そんな日々を過ごしているとあっという間に月末になり、惜しまれつつ会社を辞めることになった。

そして、最後の週末を家族で過ごす。

早めの夕食にと自分たちで捏ねたピザを食べながら、竜真は言う。

「……もう少ししたら、行くよ。見送りはいらないから」

「そうか……」

「気をつけてね」

「竜《りょう》ちゃん、本当に行っちゃうんだ……ジャングルなんて、危ないのに。やめなよ。日本のほうが安全でいいよ」

「本当にやりたいことができたんなら、仕方ない。竜真は可愛い顔をして、子供の頃から頑固で、変なところで根性があったものな。精神的にも俺たちの中で一番タフだし、竜真ならジャングルでもなんとかなるさ」

「微妙な褒められ方だなぁ。……でも、うん、なんとかなると思うよ、竜兄《たつにい》」

異世界でも順応し、愛する人まで見つけた竜真である。確かに精神的なタフさには自信があると思いながら頷くと、家族はホッとした様子を見せる。

（本当に、お別れか……）

竜真はこちらに戻ってからというもの、後悔しないよう家族団欒《だんらん》をたっぷりと味わった。

二度と戻れないのは寂しく、切ないが、もう一番大切なものを選んでいる。

こちらの世界に滞在した二十日間――懐かしく、楽しく、そしてレノックスが恋しい。竜礼とアラムの顔が見たい。すでに竜真が生きていく場所は、竜族のいる世界のほうだった。

夕食のあと、竜真は怪しまれないようボストンバッグに着替えなどを入れて持ち、玄関で家族に別れを告げる。

「それじゃ」

「気をつけてね」

「粘り強く、がんばれ」

「えーっ。無理って思ったら、諦めて帰ってきなよ、竜ちゃん」

「こらっ」

「いやいや、諦めも肝心だぞ。限界を見極めるのも大切なことだ。お前には、帰る場所があるのを忘れるな」

口々にそんなことを言われ、竜真は笑みを浮かべる。

「うん、ありがとう。大丈夫。オレはちゃんと、あっちで幸せになるから」

「そうか……」

「それなら、いいけど」

「竜真は運がいいから大丈夫だろ」

「確かにねー。大学も就職も、希望のところにヒョイヒョイって入ったもんね」

「そうそう。オレは、運がいい。だから、大丈夫だ。それじゃあ、がんばってくるな」

「いってらっしゃい」

「気をつけてね」

「たまには連絡くれよ」

「寂しくなるな……」

名残惜《なごりお》しそうな声に見送られた竜真は電車で大きな街まで出て、駅のロッカーにボストンバッグを押し込む。それからビジネスホテルに前払いで部屋を取り、バスタブに湯を張った。

「服……を脱ぐと、もしかして服や靴は置き去りになるのか？　それはまずいよな……」

少し悩んだあとで、申し訳ないと思いつつ、靴を履いたまま、服を着たまま湯の中に入る。

目を瞑り、水の女神を頭に思い描いて、戻りたいと願った。

（レノックスのところに、戻してくれ）

一瞬の浮遊感——そして、バシャンと湯の中に叩き込まれる。

「あわわわわっ！」

「竜真!?」

勢いで頭まで湯に浸かった竜真だが、すぐに腕が掴まれ、引っ張り上げられる。

「ゲ、ゲホッ……レノックス？」

「帰ってきてくれたんだな」

水の女神が送り込んだのは、城の浴槽だ。しかも、レノックスが入っているときを狙ってくれたらしい。

「オレ、何日いなかった？」

「二日だ……気が気でなかった。帰ってきてくれてよかった」

ギュッと抱きしめられ、その腕の強さに竜真はホッと吐息を漏らす。

レノックスだ……と思いつつ、竜真もギュッと抱きついた。

どちらともなく見つめ合い、唇が重なった。

口唇を開いて舌を絡め、互いの存在を確かめ合う。

甘いキスと馴染んだレノックスの腕の中にいることに、竜真はうっとりとした。

「オレがあっちにいたのは二十日だよ。レノックスが……ずっと恋しかった」

「お帰り、竜真」

「ただいま」

見交わす瞳に、愛を感じる。

二人は再び唇を合わせると、甘美なキスを味わった。

あとがき

こんにちは〜。この度は「竜王様と御使い花嫁」をお手に取ってくださいまして、どうもありがとうございます。

これは「竜王様と蜜花花嫁」の何百年後の話になります。アリスターとリアムの代で隆盛を極め、そのあと太陽の過熱とともに急激に竜族が産まれなくなった世界。アリスターの子孫であるレノックスはやっぱり真面目で、思い悩み、頭痛持ちです。自分の力ではどうにもならない絶望感に襲われています。

そして水の女神の御使いである竜馬は、細マッチョです。「マッチョが一番好きなのは自分」なんていう言葉がありますが、竜真の場合は、「嫌いな自分からの脱却」という感じかもしれません。可愛い系で軟弱な自分にうんざりし、浅黒い肌のマッチョを目指す……どちらも努力で手に入るものですが、私には絶対に無理だわ〜と思いますよ。自分を追い込むのはいやだし、何よりも筋肉を作るための食事のなんと切ないことか……。ササミとプロテインばっかりじゃ、ストレスが溜まって爆発しそう。竜真は筋肉がつきにくく、落ちやすい体質なので、キープするのは大変です。それなのに、水の女神に取り上げられてかわいそうでした（笑）

今回、書いていて困ったのが、どんどんページ数が増えていくことです。いくら書いても足りない感じで、これでもいくつかのシーンを抜いています。ショートの「花嫁の帰還」でも、もっとちゃんと書きたかったのですが、いかんせんページが足りなくて。

一家団欒しつつ、危険だからジャングルに行くのは考え直してくれと母親や妹に説得されたり、母親に料理を教わったり、竜族の世界でも作れそうな料理をパソコンで検索して必死で頭に叩き込んだり。それに会社でのシーンや、ランチの食べ歩き……しっかり書いたら、あと三十ページくらい必要です。でも、これ以上増やせないし、レノックスがいないからな～と思い、ギュウギュウに詰め込みました。

イラストは明神翼《みょうじんつばさ》さん。いつもどうもありがとうございます。一年に一度のお楽しみ～♪　前作のアリスターが格好良かっただけに、今回も期待しています。私は基本的に受けに萌えるのですが、明神さんのイラストはいつも攻めに「うおおぉぉぉ。格好いい！」と萌えてしまいます。なんとも色気があって、素敵なんですよね～。それにチビッ子も大好きなので、アラムがどんなふうにプリッと描かれているか楽しみです。蜜花花嫁のときはチビ竜が入る余地がなかったので、心残りだったのですよ。トカゲサイズの竜礼も見られるかな～……竜礼はちょこっとしか出てこないから無理か。

イラストは、小説書きへのご褒美ですからね。毎回、ワクワクしています。ホント、一枚だけでいいから未来から送ってきてもらえれば、ものすごい鼻息でガツガツ進められる自信があるんですけど。今回、ページ数が増えまくったのも、レノックスのご先祖様であるアリスターのイラストがすでにあったからのような気がします。妄想しやすくてよかったなぁ。あと、コスプレ用の水色のカツラがとても綺麗だったので、竜馬の髪も想定しやすかったです。青系だけでもこんなにバリエーションがあるのか……と感心しながら見ていました。検索をかけるといろいろなサイトがヒットして、自分の中のモヤモヤが形になってくれるので、インターネットって本当にありがたい。でも私、検索するの上手くないかも……担当さんが作ってくれたイラスト用の資料集の画像、「こんなのどこから⁉」というものばかりでしたよ。同じように検索をかけたはずなのに、見たことないドンピシャの画像ばかり。書く前に見つけられていたら、想像しやすかったのになぁと反省。もうちょっとがんばろう……。

一年に四冊目標というのに向かって、トロトロとがんばっています。もう早くなることはないだろうから、これ以上遅くしないよう努力せねば。見放さず、これからもよろしくお願いいたします。

若月京子

すっごくかわいい萌えいっぱいな
読みごたえたっぷりのステキな
お話でとっても楽しかったです♡
若月京子先生、たくさんの萌えを
どうもありがとうございました――✿

初出一覧

竜王様と御使い花嫁 …………………………… 書き下ろし
花嫁の帰還 ……………………………………… 書き下ろし
あとがき ………………………………………… 書き下ろし

ダリア文庫をお買い上げいただきましてありがとうございます。
この本を読んでのご意見・ご感想・ファンレターをお待ちしております。

〒170-0013 東京都豊島区東池袋3-22-17　東池袋セントラルプレイス5F
(株)フロンティアワークス　ダリア編集部
感想係、または「若月京子先生」「明神 翼先生」係

この本の
アンケートは
コチラ!

http://www.fwinc.jp/daria/enq/
※アクセスの際にはパケット通信料が発生致します。

竜王様と御使い花嫁

2019年6月20日　第一刷発行

著　者
若月京子
©KYOKO WAKATSUKI 2019

発行者
辻 政英

発行所
株式会社フロンティアワークス
〒170-0013 東京都豊島区東池袋3-22-17
東池袋セントラルプレイス5F
営業　TEL 03-5957-1030
編集　TEL 03-5957-1044
http://www.fwinc.jp/daria/

印刷所
中央精版印刷株式会社